U0452017

王小波 著

似水柔情

北京出版集团公司
北京十月文艺出版社

新经典文化股份有限公司
www.readinglife.com
出 品

目录

似水柔情

南瓜豆腐　　　　　　　　　　3

夜里两点钟　　　　　　　　　23

茫茫黑夜漫游　　　　　　　　35

樱桃红　　　　　　　　　　　50

似水柔情　　　　　　　　　　58

东宫·西宫

《东宫·西宫》电影文学剧本　　111

《东宫·西宫》舞台剧本　　　　156

似水柔情

南瓜豆腐

一

我待在一个游艇里。这条船好像是在岸上，架在一个木架上修理。有关这条船，可以补充说，它是用层压板做成的，因为船壁上剥落了几处，薄薄的木片披挂下来。这让我想起了好几件往事：一件是我小时候到胡同口的肉铺去买肉馅，店员把肉馅裹在桦木膜里递给我；另一件是我上大学时，在礼堂里听大课，椅子上的书写板就是层压板的。看到这条船是层压板做的，我就暗自庆幸道，幸亏我没有驾着它出海。这条船实在是太小了，在里面连身都转不过来，驾着它出海一定要晕船（我既晕飞机，又晕小车，坐在这么一个小船里到了大海上，一定要把胆汁都吐出来），更何况它是木头片儿做的，肯定不太结实。可是船舱里有一面很大的舷窗，我从窗口往外看，看到远处有一个灯火通明的码头，但近处是一团漆黑,可是在一团漆黑中,有一些模模糊糊的东西。我俯下身去,想要看清楚那是一些什么东西。就在这时,有人从外面朝舷窗开了一枪——这就是说,舷窗上出现了一个星形的洞,而舱里的壁板"乓"的一声碎了一块。这一枪着实让我惭愧,因为假如我告诉别人说,有人朝我开了一枪,他们一定会以为我在编故事。那一枪打来时,我影影绰绰想到了它的缘由,头天晚上在海上,我看到两条渔船在交接东西。

　　我这一辈子都没有在海边住过,所以对这一片蓝色的流体抱有最热烈的好感。现在我就想到了在电视上看到的加勒比海,是从飞机上拍摄的,海底清晰可见,仿佛隔了一层蓝色的薄膜看到一片浅山。如果能够在加勒比海边上建起一个别墅,拥有这样一片大海的话,死有何憾。这件事实现起来有一个最大的障碍,就是非几百万不行——这几百万还得是美元。因为这个缘故,人家打我这一枪不可能是在加勒比海边上。那一枪打得我心惊胆战,躲在墙角,手里拿了一根铁棍,等着打了我一枪的人进来。现在我讲到这些事,毫不脸红,因为这不是我编出来的,而是我亲身所历。本来我该站在门后,但是那条船太小了,门后根本就站不了人。后来,那扇门开了,进来一个头上戴了黑油布帽子的矮胖子。假如这条船是架在空中,他就是爬梯子上来的。本来我该给他一铁棍,但是他把手指放在嘴上,这就使我犹豫了。事后回忆起来,我没有马上朝那个矮胖子扑去,主要有两个理由:一是我身材魁梧,手里又拿了一根铁棍，没有理由怕别人；二是我为什么会在这条船里，人家为什么要打我一枪等等，我都不大明白，所以就犹犹豫豫的。不管怎么说吧，我对这个矮胖子保持了警觉，他进了门之后，就把门关上了，走到窗前往外看。然后他走到那破壁板前面，用手指一抠，就把那颗子弹抠了出来扔给我。然后我手里掂着那颗子弹，发现它是尖头的——据我所知，手枪子弹是钝头的，所以人家是用一条步枪来打我——不知为什么，这个动作博得了我的好感，我相信他是来帮助我的。他做了一个手势，让我到舱上面去，我就放下了那条平端的铁棍，从他身边走过——就在这时，我一跤栽倒了；有只手从身体下端伸上来，经过了大腿、肚子、胸口，一把捏住了我的脖子。此时，我气愤得喘不过气来，因为自己这么容易就上了别人的当，被人用一片刀片就划开了脖子；同时也不无欣慰地想到，这个梦就要醒了。

每天早上我从梦里醒来时，都会立刻从床上爬下来，在筒子楼狭窄的楼道里摇晃着身躯去上厕所。这时我根本就没有睁开眼睛，但是在这里根本就用不着眼睛，有鼻子就够用了。除此之外，睁开眼睛来看，所见到的景色也远不是赏心悦目。总而言之，我闭着眼睛上过了厕所，又闭着眼睛回到床上。此时我还想回到这个梦里，但已经回不去了。

那个困在船舱里的梦，我希望它是这么结束的：那个矮胖子捉住了我之后，并没有割断我的喉咙，他把我放开了。这就是说，他是善意的。他抓住我，只是警告我不要这样轻信。然后他就打开船舱的门，离去了。当然，这故事也可以有另一种结果，那就是我被割断了喉咙，浸在血水里招苍蝇。换言之，我在梦里死掉了。因为是在梦里，也没有什么可怕的。我几乎每天夜里都要做梦，在我看来，梦就像天上的云。假如一片天空总是没有云，那也够乏味的了。这个看法不是人人都同意，所以才有了"无梦睡眠器"这种东西。它是一个铁片，带有一条松紧带，上面焊了很多散热的铁片，把它戴在额头上，感觉凉飕飕的，据说戴着它睡觉就可以不做梦，但我不大相信。不管是真是假，梦这种东西，还是留下的好。

大家肯定都知道，格调不高的梦是万恶之源——从前，有位中学生，本来品学兼优，忽然做起了格调不高的梦，就此走向了堕落的道路；还有一位家庭主妇，本来是贤妻良母，做了几个格调不高的梦，就搞起婚外恋来——像这样的事例大家知道得都不少。本来大家最好只做高格调的梦，但是做梦这件事又不是自己能控制得了的。就说今早我做的梦，格调高不高就很难说清楚——也可能没问题，也可能有问题，总得上级分析了才能知道。在这种情况下，我才不会自找麻烦，把它说出去。人家问我做了什么梦，我就说，一个大南瓜、一块大豆腐。你听了信不信，我就不管了。

二

每天早上我上班,在办公桌后坐定。有人走过来,问道:老王,梦?我就把手一挥,说:南瓜豆腐!这场面像一位熟客在餐馆里点菜,其实不是的。如前所述,大家睡着了就要做梦,这已经成了社会问题。解决的方法如下:上班之前由一个专人把大家的梦记录下来,整理备案。这样你想到了自己的坏想法已被记录在案,就不大敢去做案,做了案也有线索可查。我认为,这是个了不得的好主意。眼前的这位女同事就是来记录梦的。我对她说,南瓜豆腐。就是说,我梦到了一个南瓜、一块豆腐。身边的人一齐笑了起来,就是说,他们觉得这不像一个梦。其实这的确是一个梦,只不过是多年以前做的。她记了下来,并且说:该换换样了。老是南瓜豆腐。这就是说,嫌我的梦太过单调。我说:你要是嫌它不好,写成西瓜奶酪也行。别人又哄笑了一阵。然后,别人轮流讲到自己那些梦;所有的梦都似曾相识……

有的人的梦是丰富多彩的,说起来就没个完,逗得小姑娘格格笑个不停。有时候,他中断了叙述,用雄浑有力的男低音说:记下来,以下略去一百字,整个办公室里的人就一齐狂笑起来。但我一声都不吭。这个小子在讲《金瓶梅》。他是新来的,他一定干不长。他现在用老板的时间在说他的梦,这些梦又要用老板的纸记下来,何况这样胡梦乱梦,会给老板招麻烦——而老板正从小办公室里往外看。顺便说一句,谁也不能说这位老板小气,因为他提供厕所里的卫生纸。但是谁也不能说这个老板大方,因为不管谁从卫生间出来,他马上就要进去丈量卫生纸。我说出的梦很短,而且总出去上公共厕所,但也不能因此就说我是个好雇员,因为我一坐下,马上又打起瞌睡来了。而我打瞌睡的原因,是《金瓶梅》我看过了。假如不瞌睡,待会儿就要听到一些无聊的电视剧。这是因为有些人懒得从书上找梦,只能从电视上看。从这些事实我推测大家早就不会做梦了,说出来的梦都是编出来的。但我为什么还会做梦,实在很有趣。

有一件事你想必已经知道,但我还要提一提:我们每人都有一份梦档案,存在区梦办。在理论上档案是保密的,但实际上完全公开。你可以看到任何人的档案,只要编个借口,比方说,表妹快结婚了,受大姨之托来看看这个人的梦档案。因为电视、报刊不好看,好多人都转这种念头,档案馆里人很多。我也到那里看过梦,但是梦也不好看。如前所述,某些人会梦到《金瓶梅》《肉蒲团》,但那些梦因为格调不高,内部掌握不外借。外借的和电视、报刊完全一样。顺便说一句,现在写小说写剧本的人也不会做梦,所以就互相抄,全都无味之极……有一天我到那里去调查未来的"表妹夫",忽然灵机一动,说出了自己的姓名。众所周知,人不能和自己的表妹结婚,因为会生下低智儿。但我的例子特殊,我没有表妹,姑表姨表全没有,所以很安全。就算有了也不怕,可以采取措施，不要孩子——我的意思是说，假如有个表妹要嫁我，我还巴不得。至于为什么想看自己的梦，我也说不清。借梦的小姑娘对我嫣然一笑说：就借这本罢，这本最好看。应该承认，这话说得我也二二忽忽，不知道自己梦到了些什么……

有关我们的生活，可以补充说，它乏善可陈，就如我早上上班时看到的那样，灰色的煤烟、灰色的房子、灰色的雾。在我桌子上放了一个白瓷缸子，它总是这样。我看惯了这些景象，就急于沉入梦乡。

我年轻时摔断过右腿，等到老了以后，这条腿就很不中用地拖在了身后。晚上我出门散步，走在一条用石块铺成的街道上。我记得南方有些小城镇里有这样的街道，但是这里不是中国的南方；我还记得欧洲有些城市里有这样的路，但是这里也不是欧洲。这条街上空无一人。一个老人，身上又有残障，孤身走在这样的街道上，实在让人担心。但是我不为我自己担心，因为我有反抢劫的方案。我的右手挂了一根手杖，手杖的下部有铁护套，里面还灌了铅。假如我看到了可疑分子，就紧赶几步，扑向一根路灯杆。等到左手攀住了东西，就可以不受病腿的拖累。这时我再把手杖挥舞起来：我倒要看看什么样的坏蛋能经得起这根手杖的重击。正在这样想着的时候，忽然看到了一个可疑的家伙。如果浙江人不介意，我要说，他好像是他们的一个同乡；如果他们介意，我就要说，他长得哪里的人都不像。小小的个子，整齐的牙齿露在外面，对我说道：大伯，换外汇吗？我赶紧说：什么都不换。同时加快了脚步。这家伙刺溜一下跟了过来；但不是扑到我的右面，而是扑到了我的左面，搀住了我的左肘。这一搀就把我的好腿控制住了。更糟的是，我右手上拿的手杖打不着他。于是我身不由己地跟他走进了一条小巷。这条巷子里黑咕隆咚，两面的房子好像都被废弃了，呼救也没有用。巷子尽头，有一间临街的地下室亮着灯。那个窗口好像一张黄色的纸板。

三

有人在我头上敲了一下，我醒过来，看到老板正从我身边气呼呼地走开。他走了几步，猛一转身，朝我挥了一下拳头说：醒醒啊——上着班哪！然后，整整一上午，我都听见他对别人说：上我的班老睡觉——还当是吃大锅饭哪，我也不能白给他薪水。我听了着实上火——你知道，我们到哪里都会碰上像他那种头发花白或者头顶光秃秃的家伙，要学问没学问，要德行没德行，就会烦人。我环顾四周，看到同事们都板着脸，只有一个人脸上通红通红，他就是那个要从梦里略去一百字的人。看来他也挨了一顿训。小潘（她就是我们公司的记录员）走到我面前来，问道：又梦到什么了？等到大家笑过了之后，她把我名下的记录翻给我看,上面写着:南瓜豆腐——南瓜豆腐——南瓜豆腐——南豆——南。她说,以后你再梦到南瓜豆腐,我连南字也不写,给你画一杠,你同意吗?我对此没有不同意见。这姑娘很漂亮,就是太年轻。我让她走开,从抽屉里拿出一张白纸,假装在写什么。假如老板正在一边偷看我,就让他以为我在拟销售计划好了。其实他让我销的东西根本就不需要什么计划,或者说这个计划我已经有了,那就是不给他卖,能拖多久就拖多久。顺便说一句:他让我卖的就是那个无梦睡眠器。现在市场上这种东西多得要了命,什么无梦手表、无梦眼镜、无梦手镯、无梦袜子等等。凭良心说,我们这种无梦睡眠器并不坏,即便起不了好作用,也起不了坏作用。时常有人投诉说,戴无梦眼镜戴成了三角眼,穿无梦袜穿出了鸡眼,我们这种东西不会有这种副作用。唯一的坏处是假如屋里冷,戴它睡觉会感冒。但是我就是不给他推销——现在电视不好看,报刊上全是广告,再不让人做做梦,那就太霸道了……

有关我的梦,需要补充说,它就是南瓜和豆腐,即便在梦办的档案上也是这样。只是"南瓜豆腐"这四个字,刚出现时是楷体,后来变了宋体。再后来成了隶字,再后来金石甲骨就纷纷出现。可以想见,这是抄录员对年复一年、日复一日的"南瓜豆腐"的必然反应。后来,南瓜豆腐就成了画面,有水彩、蜡笔、铅笔、钢笔,各种各样的画,五彩缤纷。除此之外,还出现了南瓜豆腐菜谱,什么南瓜排、南瓜饼，大豆腐、小豆腐。从菜谱上看，小豆腐不属豆腐之列，它只是野菜和豆面。作为南瓜豆腐的创始人，我感到莫大的羞辱。忽然之间，变成了"南瓜豆腐，我爱你"。此后她（我希望是她）又恢复了一丝不苟的字体，写下了"南瓜豆腐，I love you"。当然，她也可以推托说，"I love you"不是她写的，是别人注上的。此后南瓜豆腐还是那么一丝不苟，"I love you"就越来越花，出现了意大利斜体、德国花体等等，"love"也变成了红唇印，"you"也向人脸的样子变迁，看上去还挺像我的。凭良心说，从楷到宋，从蔬菜到爱人，我都承受得住，受不了的是别人在档案本上乱批乱注。那些话极是不堪，在此不能列举。这本账在我这里很清楚，我说的只是南瓜豆腐，后来有人爱我，再后来就有人乱起哄。但我恐怕别人就不这么清楚，把这些乱七八糟全算在我的账上，因为卷宗上写着我的姓名、籍贯、出生年月，和铁板钉钉一样。现在我走在街上，常有人在后面窃窃私语：知道他是谁吗——谁——南瓜豆腐！然后就有人往我前面挤，想方设法看我的脸。好在这件事不是每个人都知道。需要说明的是，我对变态的性行为没有兴趣（我档案里连篇累牍全是这种东西），而且我也不叫南瓜豆腐。

中午，该给大家订午饭的时候，老板从小办公室里冲出来说：别给我和老王订，今儿中午我请他吃饭。众所周知，老板不经常请雇员吃饭，所以这意味着我会有麻烦。但这不能使我着急——

这世界上没有几件能使我着急的事。再说，俗话说得好，此处不留爷，自有留爷处；处处不留爷，才把爷憋住。这个民谣还有另一个版本，后两句是：处处不留爷，爷去投八路。八路军会要我的，我是弹不虚发的神枪手，又有文化，只是年龄大了点……老板点菜时，我一声不吭。凉菜端上来，我还是一声不吭。他给我斟上了啤酒，斜眼看了我半天，忽然用拳头一敲桌子说，老王，你也太不像话了！这句话使我松懈了下来，因为不是要炒我鱿鱼的口气。我猜他也不敢炒我的鱿鱼。这倒不是舍不得我，而是舍不得我的客户。他多次想让我把客户名单交给他，但是威胁也好，利诱也好，对我都不起作用。后来他就说：看不出老王迷迷糊糊一个人，还这么有心眼。此言大谬！我认为老板让我们交客户是不正派的，所以才不交。这是原则问题。

说到我怎么会有这么多的客户，也是一种奇遇——我绝不会有这种心眼，去结识一大批商业部门的人，以备推销伪劣商品之用。前几年我在函院教书（说是函院，实际主管一切成人教育），学生年龄都比较大，念起书来比较迟钝，但也比较尊重老师。这是文凭热时的事，现在你再到函院教书，就会一无所获。我承认自己的关系多，但我从不用它来干坏事情。老板给我的货太烂，我就不给他推销。我不能害自己的学生。老板假装恨我打瞌睡，其实是恨我的原则性。他咬牙切齿地看着我，说道：我都不知怎么说你。这就对了。我没什么不对的，为什么要说。

老板请我吃火锅，点菜时我没有注意，他要的全是古怪东西，什么兔子耳朵、绵羊尾巴之类。这些东西我都不吃。我正在用目光寻找小姐，要添点东西，老板又向我开炮道：老王啊，不能这样迷糊了，就算不为我也为你自己呀……睁开眼睛看看，大家都在捞钱哪！这些话里满是铜臭，我勉强忍受着。他又用拳头敲着桌子，说道：钱在哗哗地流，伸手就能捞到……这简直是屁话：谁的钱在流？你怎么捞到它？为了礼貌，我勉强答道：我知道了。然后他又说：还有一件事，以后你别老梦见南瓜豆腐。我很强硬地答道：可以，只要你能证明南瓜豆腐有什么不好。这一下把他顶回去了。

四

我能够证明坐在我对面的这个花白头发的家伙是个卑鄙之徒，没有资格说我，甚至没有资格和我同桌吃饭。他进了几千打无梦睡眠器，让我给他推出去。这东西肯定是卖不掉的，我也不想给他推，他提出可以给一大笔回扣，由我支配。不管你给多少，我有我的原则：梦是好的，不能把它摧残掉。所以我要另外想办法。以下是曾经想到的一个办法：说这东西不是无梦睡眠器，而是一种壮阳的设备，放到药房里卖，连广告词我都想好了：

"销魂一刻，当头一镇，果然不同！"

在小报上一登，肯定好卖。唯一的问题在于，我没有把握是不是真的不同。从理论上说，脑袋上放了一个冷冰冰的东西应该有区别，但我没试过，因为我至今是光棍一条。假如我知道真有区别，不管是好区别还是坏区别，就可以这么干——我的原则是不能骗人。这个方案的好处是：假如有人无聊到需要壮阳的器械，骗他点钱也属应该，因为想必他的钱也不是好来的。它的不足之处是必须等到我婚后加以试验才能实行。我今年三十九岁了，还是童男子。但我一直在找老婆，还上过电视。我把这些对他汇报过，他问我还有没有正经的。正经的有，但我不能说出来，那就是把那些铁丝笼子当废铁卖掉。那东西戴上去照样做梦，只不过梦到的都是不戴帽子到北极探险——我试验过的。——这一点更不能说，因为众所周知，我梦到的只是南瓜和豆腐——这种狗屁东西只有报废的资格，但是他老逼我把它卖掉；你说他是不是个卑鄙的家伙？他还说：你得干活，不能再泡了——否则另寻高就。听到这里，我决定告辞，否则就没有原则了。当然，告辞也有艺术，不能和他搞翻。我说：我吃好了。其实我还饿着。他说，哎呀，剩了这么多，浪费了不好。我要尽力再吃吃。我说：那我失陪。就这样走掉了。

这种无梦睡眠器其实不难卖掉，只要找个区教育局的人，让他和下属的学校说一声，就能把这种铁丝筐戴到中小学生头上。

但我不想把它戴到入睡的孩子头上,只想把它戴到做爱的秃头男子额上,这就是我的原则。因此,我从饭店里往外走时,心里很不愉快,因为事情已经到了这个地步,我不得不牺牲原则:我懒得另外找事干。后来我又变得愉快了:一出了饭店的门,就听见有个女声说道:往后看。于是就见到原来同过事的小朱站在门旁边,原来她在公司时是记录员。那时候她老劝我说,你梦点别的罢,我替你编。有人还给我们撮合过,不过最后没成。她结过婚,有个孩子,这种情况俗称拖油瓶。这一点我是不在乎的,只要人漂亮就成。遗憾的是,这位小朱虽然脸像天使,腿可是有点粗。另外,当时我的情况比现在好,所以有点挑花了眼的感觉——现在不这样了,最近几个月觉得头顶上有点凉快,很快就会需要一个头套。现在我不觉得她腿粗,也许是因为天凉了她没有穿裙子。

她把手指放在嘴上,示意我别声张,然后让我和她走。到了没人的地方她说:看见你们俩在里面就没进去。我猜你马上就会出来。她猜对了。她又猜我没吃饱,又猜对了。于是她请我吃饭,我愉快地接受了邀请。到了饭桌上,她又猜我和老板搞得不顺心。我说,你怎么都知道?她就哈哈笑着说:这些事我都经历过。原来老板也请她吃过饭,在餐桌上说,自己夫妇感情不好,feel lonely。她听了马上就告辞,老板也说,要了这么多东西扔了可惜,要留下吃一吃。事实证明,这个老板是色鬼、小气鬼、卑鄙的东西,还 feel lonely 哩,亏他讲得出口来。给这种人当雇员是耻辱,应该马上辞职。她就是这样做的。她做得对。但他没对我说过 feel lonely。所以我还要忍受这个坏蛋。我就这样告诉小朱，并且愁眉苦脸，好像我正盼着老板来冒犯我，以便和他闹翻，其实远不是这样的。其实就是老板告诉我他 feel lonely，我也不会立即辞职，而是说：对不起，你搞错了，我不是同性恋。我只会逆来顺受，像一匹骟过的马一样。

五

吃完了饭，我们来到大街上，这是一条尘土飞扬的街，所有的房子全都一样。我在梦里见过无数条街，没有一条是这样的……小朱深深地吸了一口气，忽然搀住我的手臂说：走，到你那里去看看。其实我那里她去过了，不过是筒子楼里一个小小的房间，楼道里充满了氨味。不过，她要去就去吧。

有关这位小朱，我需要补充说，她穿了一件绿色的薄毛衣，并且把前面的刘海烫得弯弯曲曲的。看上去不仅是像天使，而且像圣母——假如信教的朋友不介意我这样说的话。她在我那间房子里坐了很久，谈到她那次失败的婚姻——她前夫有外遇——然后说，你们男人一个好的都没有。这样就把我、她前夫，还有头发花白的老板归入了一类。这使我感到沮丧，不过我承认她说得有道理。就拿我来说，坐在她对面聊着天，心里想的全是推销伪劣产品的主意：劝诱她和我共享销魂一刻，然后把那个劳什子戴到额头上。等到知道了果然不同，就在报上登广告，把这种鬼东西卖出去。在这个弯弯绕的古怪主意里，有几分是要推销产品，几分是要推销我自己，纯属可疑。这无非是要找个干坏事的借口罢了。当然，小朱也同样的古怪。假如她以为所有的男人都是那么坏，何必要跑到其中之一的房子里来。这都是因为我们感到需要异性，然后就想出些古怪的话来……

等到天快黑时，她起身要走，我起身送她，还没走出房门，她就一把抱住我。因此我们就没有出门，回到屋里那张破沙发上坐下了。她自己说，好久没有个好男人抱住我了——但是她自己刚刚说过，男人里一个好的都没有，这是个悖论。这张破沙发在公共厨房里摆了很久，现在是本屋除床外唯一的家具，油脂麻花的，除了蟑螂，没有谁喜欢它。在两个人的重压之下，它吱吱地响着，好像马上就要散架。于是我们转移到一个安全的地方——床上，又过了一会儿，就开始互相脱衣裳了。

这是我的一次浪漫爱情，我记述它，统共用了一千三百个字，连标点符号全在内。说起来我们俩还都是知识分子，填起履历来，用着一种近似黑话的写法——硕研——大家都懂这是什么。根据金西的调查，知识分子在性爱方面行为很是复杂，但我们竟如此简单，以致乏善可陈，我为此感到惭愧。在小朱的上半身裸露出来时,我问了一句:你不是说,我们男人一个好东西都没有吗,为什么……她的小脸马上就变得煞白,眯起眼来,恶狠狠地说道:feel lonely!说着一把把床上的破被子扔到了地下。在这种情况下,再说什么显然不合时宜。至于我们做的事,众所周知,那是不能用文字来表达的。唯一可以补充的地方是,我们在五点到九点之间共做了两次,第二次开始之前,我想过要把那个无梦睡眠器戴上。这样我们的性爱就带有了科学试验的性质,比较不同凡响;但我又怕她问我在这种时候头上为什么要戴个铁丝筐。所以,这个爱情故事也只好这样了。

我这样对待浪漫爱情是不对的,因此必须再试着描写一下。如果我说,小朱躺在我身边,裸露出一对半球形的乳房,这就是格调低下的写法。因为从这些实际情况之中,可以引申出各种想象。另一种写法是这样的:在我身边绵亘着一个曲面,上面有两个隆起的地方,说是球体有欠精确,应当称之为旋转抛物面。格调还是不高,因为还有想象的余地。最好直接给出曲面方程,这样格调最高,但是必招致小朱的愤恨,因为假若她把我想象成一堆公式,我也要恨。再说,我也不想和一堆公式做爱,所以,这个爱情故事也只能这样了。

做过爱之后,我和小朱相拥躺着。此时我又问她:为什么要和我做爱。听了这句话,她全身立即僵硬了,似乎马上就要和我闹翻——但是马上又松弛下来,轻描淡写地说:聊点别的吧。——不管她怎么说,我感到了她刚才有股冲动,要把我从床上扔下去——然后我问道:聊什么?她更加轻描淡写地说道:比方说,南瓜和豆腐。然后我觉得肚子上疼痛不已,原来是被她咬住了。这使我想起了有一种动物叫做香猪。此种动物和原产于丹麦的长白猪虽是一个物种,终其一世却只能长到二十来斤。死掉后烤熟了就叫做"烤乳猪",虽然名不副实,却是粤菜中一大美味,十分酥脆,肚子上的皮尤为可口。等她咬够了,松了嘴,那块皮还长在我肚子上。这说明我还不够酥脆。然后她又摸摸我身上的牙印说,谈谈你的南瓜豆腐。这使我想到,她大概是饿了,我这里还有几块饼干。但她不肯吃饼干,反而一再掐我。对于这些古怪的行径,她的解释是:心里痒痒,要发狂。我很怀疑,自己痒了来掐我,是不是真有帮助……

六

有关我自己,可以补充说,我很正常,有住房、有收入,既不偷也不抢。唯一的不足是说自己梦到了南瓜豆腐。我不明白,为什么每个人都要问到南瓜豆腐,这使我痛恨他们。小朱问过南瓜豆腐之后,我立刻就恨死了她;但表面上却装得心平气和,并且说:南瓜是个红皮南瓜,豆腐是块北豆腐。她听了爬到我身上,并且说：红皮南瓜北豆腐，是吗？然后就一把掐住了我的脖子。我想道：既然大家如此仇恨，就让她掐死算了。然而一个壮年男子又不那么容易被掐死。结果是什么，可想而知：我又和她做了一回爱。这件事说来格调不高，但实情就是这样的。然后我就睡着了。

什么格调高，什么格调不高，你想必已经知道：什么像梦，什么格调就不高。因为我还会做梦，所以我格调不高。而做梦的诀窍就是，假如有人问你梦到了什么，你说：南瓜豆腐！这样就能做梦。这是做梦的不二法门。我把这个诀窍传给你，你以后再不会 feel lonely。但是我恐怕你不会这么办。因为做梦耗费你大量的精力，妨碍你大把地捞钱。那天夜里我梦见的就是这个：有很多的人轮番来问我做过什么梦，我一一答道：南瓜豆腐。后来把我问烦了，就说是西瓜奶酪。于是他们就翻了脸，动手来揍我……

那天夜里我醒来时，看到黑夜里有一颗烟火头，还有很浓烈的香烟味。过了一会儿，我才想到是小朱坐在床上吸烟。我问她为什么坐着，她并没有马上回答，先把烟捻灭，然后躺下来。直到我搂住了她冰凉的肩膀，她才说：你睡觉打呼噜。我觉得她的语调是冷冰冰的，就把她放开。过了一会儿，她又问：又梦到南瓜豆腐了？我说对，然后接着说：睡觉吧。于是她翻了个身，把后背给我，让我从后面搂住她，并且说道：这件事你是不想告诉我了,是吗?我明白,她说的是梦。这种事我经过得多了,有很多人来问我的梦,我不肯说,她们就走开了。这一回不同的是,我不希望她走开,我有点爱她,是做爱时爱上的。为此我做出了努力,尽量编些像梦的东西说说。听着听着,她哭起来了。说实在的,我编得也很不像样子。我沉默了一会儿,终于按捺不住发作起来:你们都是怎么了!想要知道什么是梦,自己去做嘛!她说,自己不会做,怎么办呢?而我想了一会儿说道:那我就爱莫能助了。

* 载于1995年第3期《人民文学》杂志。

夜里两点钟

一

夜里两点钟是最坏的时辰,这时候你又困又冷。假如还不能上床睡觉,心情会很恶劣,各种坏想法也会油然而生。有一回夜里两点钟我坐在厨房里,听见有人在捅楼下的门。我认为这是个贼,当然,也可能是有人回来晚了,找不着钥匙,在那里瞎捅。不管是哪种情形,我都该下楼去看看。但我懒得动弹:我想,住在这房子里的人,总不能指望夜里两点钟归来时,还会有人给他开门。假如要是贼,那就更好了。我就坐在这里等他。等他撬开了门,走进二楼的厨房时,我会告诉他,他走错门了,这座破楼里住了七个穷学生。他马上会明白,这房子里没什么可偷的。也许他会说:sorry,撬坏了你的门。也许什么都不说——失望时最能考验一个人的教养。门坏了我不心疼:它是房东的,但我喜欢看到别人有教养。不说 sorry 我就骂他……当然，是用中文骂，让他听不懂。他身上没准还带着枪哪，听懂了就该拿枪打我了……

十年前我在美国，有天夜里睡不着，在厨房里看书，情形就是这样的。那座房子是座摇摇晃晃的木板楼，板缝里满是蟑螂，杀不净打不光。那间厨房点着一盏惨白的灯，冷冷清清，有个庞大的电冰箱，不时发出嗡嗡的声响。说句实在话，我的脑袋也在嗡嗡地响，声音好像比冰箱还大。响了半天以后，门开了，是用钥匙打开的。有人上了楼梯，一步三蹬地走上楼来。在一团漆黑之中又轻又稳地走上一道摇摇晃晃的木楼梯，说明此人有一双很强壮的腿。此人必是住在三楼的小宋。这孩子高考时一下考中了两所大学：一所是成都体院，另一所是东北工学院。后一所不说明什么，前一所则说明他能把百米跑到十一秒多，而且一气能做一百多个俯卧撑。最后他上了后一所大学，毕业后到这里来留学。我朝书本俯下身来：叫他看见我的正脸不好。小宋和我不坏，我没有汽车时，常搭他的便车去买东西，他还带我去考过驾照……算是个朋友吧，虽然也没有什么真正的交情。我觉得他该去当贼，因为他走路这么轻。再说，他跑得很快，别人也逮不住他。他念了工科——这也不坏，而且他还要读博士，这样就加入了我们这一群。假如你还年轻，请听我的劝告：首先，你别去念文科和理科，最好去念点别的。其次，千万别读博士。博士是穷鬼的代名词。小宋现在已经是博士了，我猜他正在做博士后，过着颠沛流离的生活。学问大了不好找事做：美国是这样，中国也是这样。

现在言归正传，说说那天夜里的事：脚步声经过我的门口停住了，等了一会儿还没有动静。我无可奈何地转过身来——果然是小宋。我真不愿意看到他——我也不愿意看到任何人。夜里两点钟不睡，坐在厨房里，这不是什么好景象。他戴着白边眼镜，镜片上反着白光，表情呆滞——这也不足为怪，夜里两三点钟，谁不困。他先是呆呆地看着我，然后小声说道：嗨。我也说：嗨。夜里两点钟，打过这样的招呼就够了。但他悄悄地走了进来，在我对面坐下，看看我的样子，说道：明天考试吗？我说：不，我老婆明天要答辩论文。如果他再问，我就告诉他：我老婆每隔半分钟就要翻一次身，差不多是在床上打滚。天一黑她就睡下了，一直滚到了现在。每隔十分钟她都要问一句：现在几点了，听声音毫无睡意。所以我才到厨房里来熬夜。告诉他好一些，免得他以为我们两口子打架了。但小宋没有再问。他拿起那本霍夫曼看了看，说道：这本书现在在你这儿了……

有关这本霍夫曼，有个典故。谁要是上了数学系的代数课，谁就需要这本书，因为它是课本。有两个途径可以得到它：其一是到书店去买一本。这本书着实不便宜，要花掉半个月的饭钱。另一个途径是到图书馆借。图书馆只有这么一本，谁先借到谁就能把它霸住。先借到的人有资格续借，没借到的人只好去买了。我很不愿意回想起这件事：我三十六岁时还在学校里念书——这个年龄比尔·盖茨已经是亿万富翁了——所用的教科书还是借的。小宋拿着这本书,看了一会儿(我觉得他很怪:这又不是金庸、古龙的小说,是本教科书,有这么拿着看的吗?),又把它小心地放在桌面上,小声问道:有喝的吗?我朝冰箱努了努嘴。于是他找出了那瓶可乐,一口就喝掉了半升——喝别人的饮料就是这么过瘾。我猜他是在系里带实验课,有学生实验做不完,他只好陪着,一直陪到了后半夜——这份助教的钱挣得真是不容易。他又何必读博士呢?读个硕士就去找工作,比受这份罪不强得多——话又说回来,我又何必要念这本霍夫曼。假如他对学生说,别做了,早点去睡吧,学生必然不乐意:工科的学生实验要算分的,没做出结果就是零分。这个毛头小子必然答道:我交了学费了!美国人在这方面很庸俗,什么事都要扯到钱上去——既然交了学费,就有权利使用试验室。他才不管你困不困。假如你说:我教给你怎么做;或者干脆说:拿过来吧,我给你做!那个不知好歹的东西还要说:不,谢谢你。我要自己做出来。于是你只好眼睁睁地看这个手比脚笨的家伙在实验台上乱捅。在十二点之前,你恨不得拿刀子宰了他。到了十二点以后,你就没这份心了。你会找个东西靠着,睁着眼睛打盹。说起来也怪,我这颗脑袋困得像电冰箱一样嗡嗡响,冒出来的念头还真不少。喝完了可乐,他在我对面坐下了。看来他是想找我聊天。好啊,聊吧。夜里两点,真是聊天的好时候。但他又不说话,只管傻愣愣地看着我。我又不是你的女朋友，有什么好看的？

二

我觉得自己是个忠厚的人，但是不知为什么，满脑子都是些尖酸刻薄的话。这要怪这个时辰：夜里两点钟好人都睡了，醒着的必是坏人。平常天一黑，我就睡得像个死人。可那天晚上睡不着，因为我老婆在身边打着滚。开头我劝她吃片安眠药，她不肯吃，说是怕第二天没精神。后来我叫她数绵羊：一只羊、两只羊，最后数出一大群来。想到自己有这么多羊，就会心满意足地睡着了。她说她一直在数，不管用。再后来我说：咱们俩干好事，干完就能睡了。她说：别扯淡了。最后她朝我大吼一声：你这么胡扯八道，我怎么睡啊！我看帮不上什么忙，就到厨房里来看书了。然后每隔一个钟头，她又到厨房里来看我，问我怎么不睡觉。我说我也睡不着——其实这是假话，我困死了，觉得书上的字都是绿的。我觉得我老婆那晚上的态度十足可恶。小宋看了看我的脸色说：你困不困？我说不困，其实我心里想的是：我老婆好久没动静，大概睡着了；这样我也可以回去睡了；所以我们的谈话要简短些才好……

小宋的脸色不好：也可能是灯色的缘故，他脸色发灰。我觉得他心里有鬼。他摇头晃脑，过了好一会儿才说：这两天我去看亲戚了。我说：噢。过了一会儿，又加上一句：怪不得这两天都没看见你。说来不好意思，小宋两天不在，我都没发现。不过这也不能怪我：这两天我都在围着老婆转。小宋说：这两天都没课，然后又犹犹豫豫地不往下说了。忽然之间，我心里起了一阵狐疑：他会不会看完了亲戚回来，在路上撞死了一个人？然后他把死人装在行李箱里带了回来。现在他想叫我陪他去埋死人……如果他要和我说这件事，我就要劝他去投案自首。我倒不是胆小怕事，主要是因为把人撞死已经很不对，再把他偷偷一埋，那就太缺德了。小宋又接着说下去：我这个亲戚住在 Youngstown，那地方你也去过——顺着七十六号公路开出去，大概走一个钟头，那儿有个大立交桥……

小宋说的不错：那地方我果然是去过。那座立交桥通到一个集市，那里的东西很便宜。我去过好几次，每次都是搭小宋的车。从桥上往下看，下面是一条土路，两边都是森林。路边有个很大的汽车旅馆，门窗都用木板钉住。那地方荒得很，根本就没有人。他大概就在那里撞死了人……我看着灯泡发愣，影影绰绰听小宋说那个没人的立交桥下——现在那里有人了，因为正在修新的公路。汽车旅馆里住满了工人。他那个亲戚正在经营那家旅馆。这叫胡扯些什么？他这个亲戚到我们这里来过，尖嘴猴腮一个南方人。说是给人当大厨的，还给我们露了一手，炒了几个菜，都很难吃——牛肉老得像鞋底，油菜被他一炒就只剩些丝——这人根本就不知道什么是火候。难怪老板要把他炒掉。当时他在到处找工作，这只是三个月前的事。怎么这么快就开起旅馆了？那家旅馆有四五排房子，占地快有一百亩了。我说：那旅馆还不得有一百多间房子？他说：足有。按月出租，一人单住一间，一月四五百块钱，两人合住另加钱，每月总有近十万的收入。我想了想说：你的亲戚一定是中了六合彩，买这么大一片房子。小宋笑了起来说：哪是买的，我这个亲戚连彩票都买不起。我说：噢。原来是租的。他说：也不是。这就怪了，难道是捡的不成。小宋说：这回你说得差不多。这就怪了，哪有捡旅馆的？我怎么没捡着？

小宋这位亲戚有四十多岁了，既没有签证，也没有护照，更不是美国公民，我也不知他怎么来的。他不但没手艺，人也够懒，哪个老板都看不中他。所以开着一辆破车，出来找工作——我猜他也没有驾驶执照。这种人什么都敢干，现在居然开起旅馆来了。你知道这事情怎么发生的吗？他走到这立交桥下，在这个没人的旅馆里打尖，忽然来了几个筑路工人，见他待在里面，问他认不认识老板——这几个人要找住的地方。此人灵机一动，说道：我就是老板。你们要住房，就帮我把封窗的木板拆下来。美国工人帮他把房子打开，还修理了房子，不但没要工钱，还倒给他一笔房钱。此后一传十十传百，工地上的人都到他这里来住，把房子都住满了。这是包租房子，和开旅馆不同，不管床单被褥，没有房间服务，只是白拿房钱。还有一件妙事：那旅馆里有水有电，就是没人来收水电钱。小宋问我对此有什么看法。我想了想答道：没什么看法。现在是夜里两点，我整个脑子像一块木瓜。想要有看法，得等到明天了。但我觉得美国的有钱人似乎太多了一点。到处都有没人的房子，把门窗一封，主人不知干啥去了。小宋听了点点头，说道：这不也是一种看法吗？我又补上一句说：亲戚毕竟是亲戚嘛。他听了点点头，说：你说得对。然后就不说话了。

现在我又想起了小宋的那个亲戚，此人和从温州到北京来练摊的大叔们样子差不多。这些大叔卖的全是假货，在地铁站上买票从不排队，还随地吐痰。此人可能还在七十六号公路上开旅馆——一年挣三十万，这么多年就是三四百万了，一有这么多钱可真让人羡慕啊。那家旅馆空着的时候，我老从它门前过。我怎么就没想过闯进去。说句实在话，美国没人的房子实在是太多了。

三

夜里两点钟我和小宋聊天，忽然想起了去年冬天，我们两口子到佛罗里达去玩，遇上了一条垃圾虫。和我们一道的还有我哥哥。家兄在国内是学中国古典哲学的，也出来念博士。放假时他闲着没事，我接他出来散散心。一散散到了 Key West，这地方是美国最南端的一个群岛,是旅游胜地,岛上寸土寸金。别的不要说,连宿营地里的帐篷位都贵,在那儿露营一天,换个地方能住很好的房间。就是在这样的地方,空房子也很多,我们在闲逛时闯进了一座没人的别墅,在房门前休息,忽然冒出个人来,问我们认不认得此地的业主。那个人留一撮山羊胡子,大约有三十来岁,穿一身油脂麻花的工作服。这就是那条垃圾虫了。他开着一辆很少见的中型卡车——我四五岁时在北京见过这种车,好像是叫万国牌。此人修理汽车的本领肯定很不错。

该垃圾虫说,看到海边有几条破船,假如业主不要了,他想把它们搬走。我们当然不认识业主——说完了这几句话,他没马上走开,和我们聊了起来——就和现在一样。但当时可不是夜里两点钟。你猜猜聊什么?哲学。此人自称是老子的信徒,他说,根据老子的学说,应该物尽其用,不可以暴殄天物,美国人太浪费了,老把挺好的东西扔掉。他自己虽是美国人,也看不惯这种作风。所以别人扔的他都要捡起来,修好,再卖钱——我一点都不记得老子有这种主张。我只觉得他是在顺嘴胡扯,掩饰自己捡垃圾的行径,但家兄以为他说得有理论依据。不唯如此,他们聊得还甚为投机。眼见得话题与魏晋秦汉无缘,直奔先秦而去,听着听着我就听不懂了。这个老美还冒出些中文来,怪腔怪调,半可解半不可解。说来也怪,这家伙不会讲中国话,但能念出不少原文——据说是按拼音背的。我哥哥的硕士论文题目是公孙龙和惠施，还能和他扯一气。要是换了我，早就傻了。就是这条垃圾虫说：美国的有钱人太多，就在这个寸土寸金的岛（我记得是叫马拉松岛）上，还有无数的房子成年空着。在厨房里，我和小宋谈起这件事。小宋打断我说：这件事你讲过，我知道。你哥哥还说，这个垃圾虫是他见过的最有学问的人。别人听过的故事，再给他讲一遍，是有点尴尬。我摇摇头不说话了。

有关这条垃圾虫的事，小宋听过，你未必听过。那人长了一嘴黄胡子，头发很脏，身上很破，看上去和个流浪汉没两样——要是在中国，就该说他活像是建筑工地上的民工——但我哥哥对他的学养甚为佩服。和他分手之后，家兄开始闷闷不乐。开车走到半路上，只听他在后座上长叹一声：学哲学的怎么是这个样子！后来我哥哥拿到了学位，没有去做学问，改行做生意去了。我没有去做生意，但我怎么也看不惯富人的作风。每天早上去上学，都要经过一个富人的庭院：那地方真大，占了整整一个街区，荒草离离的院子中央，有座三层的石头楼房。已经三年了，我天天从那里过，就是没见过里面有人，这种事叫人看了真是有气……我哥哥和收垃圾的谈了半天，对他的见解很佩服，就说：你可以出本书，谈谈这些事情。那人顺嘴带出一句"他妈的"来，说道：Mr. 王，出书是要贴钱的呀。看来收垃圾的收入有限，不足以贴补出书。后来他面带微笑地说：咱们这么聊聊，不也是挺好的吗——这种微笑里带着点苦味了。现在这位老子的信徒大概还在海天一色的马拉松岛上收着垃圾,遇上中国来的高明之士,就和他谈谈哲学——与俗世无争。这种生活方式大有犬儒的遗风。但我不信他真有这么达观,因为一说到出书,他嘴里就带"他妈的"。尽管是老子的信徒,钱对他还是挺有用处。我现在也想说句"他妈的",我有好几部书稿在出版社里压着呢,一压就是几年,社里的人总在嘀咕着销路。要是我有钱,就可以说,老子自费出书,你们给我先印出来再说——拿最好的纸,用最好的装帧,我可不要那些上小摊的破烂。有件事大家都知道:一本书要是顾及销路的话,作者的尊严就保不住了。

现在又是夜里两点钟。我睡不着觉,在电脑上乱写一通。我住在北大的五十一公寓,一间一套的房子,这回没有蟑螂了,但却在六楼顶上,头顶和蓝天之间只有一层预制板,夏天很热,冬天很冷。凭我还要不来这间房子——多亏了我老婆是博士。要不然还得住在筒子楼里。现在她又出国做访问学者去了,每月领二百八十镑的生活费。这笔钱可实在不多,看来她得靠方便面为生了。但不能说给的钱太少:国家也很困难。和别人比起来,我们俩的情形还好。我老婆是博士,搞着专业,我是硕士,就不搞专业,写点稿子挣些零花钱。要是两口子都是博士,我们的情形就会相当难堪。不管怎么说吧,我不想抱怨什么。没什么可抱怨的。

四

小宋问我：你看，该给我亲戚什么样的劝告？我脱口说道：这还用想吗？劝他见好就收。把本月的房钱收齐了，赶紧走人，哪儿远往哪儿跑，别让人找着。小宋听了显出一点高兴的样子：你也是这么想的？那我就放心了。我说：光放心有什么用，你得劝他呀！他听了这话又不高兴了：你怎么知道我没劝？不劝还好，一劝他倒老大不高兴，差点和我翻了脸。人家说，他已经住进来了，这地方是他的，干吗要跑。我说噢，他不知道这地方不是他的。那你告诉他好了。小宋说：我告诉他了，但人家不信。我说：啊呀，那怎么办。小宋愣愣地看着我——我能看出来，他也很困——看了一会儿，忽然一笑说：我现在正问你该怎么办。我想了一会儿，看看手表说：不知道。我们应该去睡觉。他说我说得对，于是我们就往各自的房间里走……

* 载于1997年第1期《北京文学》杂志。

茫茫黑夜漫游

一

现在是夜里两点钟,是一天最黑暗的时刻。我在给电脑编程序,程序总是调不通——我怀念早期的 PC 机,还有 DOS 系统。在那上面我要风得风,要雨得雨。现在的机器是些可怕的东西,至于 Win95,这是一场浩劫。最主要的问题还不在于技术进步,而是我老了,头脑迟钝,记忆力减退,才看过的东西就忘掉,得写在手上才成——手才是多大的地方。人的手腕上应该长两面蒲扇,除了可以往上写字,还可以扇风——我觉得浑身燥热。写这些事没有人爱看。我来讲个故事吧——

有个美国的杂志的编辑,年龄和我现在相仿,也曾是个有才华的文学青年,但大好年华都消磨在杂志的运作里,不由他不长吁短叹。忽然老板闯进他的办公室,说道:我们的订户数在下降!

下期专访准备登什么？他呈上选题，老板看了大怒，说道：就登这种没滋没味的东西？你在毁我的生意！现在人心不古，世道浇漓，亏你们坐得住！我要的题目是这个——你给我亲自去采访！说完摔下张报纸就走了。编辑捡起来一看，是分类广告。上面红笔圈起来的广告内容实在有点惊世骇俗。编辑大叫一声：Oh my goodness！常听美国人这么嚷嚷，声音大得像叫驴，我不知道是什么意思，但不知道意思的话我也能喊出口来……

你听音乐吗？我现在正听着。不知何时何地，有人用萨克管吹着一支怪腔怪调的布鲁斯，现在正有一搭没一搭地进到我耳朵里来。我的故事也是这样，它和我们的处境毫无关系。我是写小说的。知道我的人会说，我已经出了一本小说。那只是写出的一小部分。更多的都压着呢。为此就要去求人。主编先生很耐心地提出大量的修改意见，改完了还是不给出。有人当面对我说，看来你很有写作才能，但有些题材对你是不合适的。你何不写点都市题材的小说？既好卖，又不招惹是非……我不明白什么叫做都市题材，于是就耐心请教。别人举了个例子：《曼哈顿的中国女人》。有没有搞错啊？我住在北京，是男人，不是女人。另一个例子就是某香港女作家的作品。我的脸登时变作猪肝色，王二脾气发作了。有个庸俗的富婆，坐在奔驰车后座上瞎划拉几笔，就想当我写作的楷模？啊呀呸！……如你所知，我四十多岁了，也不能老是王二呀，所以我忍着。等到出了门——你知道吗，口外的良马关中驴，关中的驴子比别处的大上一号。我像条关中大叫驴一样大叫起来：Oh my goodness!

这些事就扯到这里，不能忘记我的故事——在老板摔下的报纸上，有些女孩声称自己有独特的性取向，寻求伴侣。这是个人欲横流的社会，无奇不有——我说这些，是要证明我也会装孙子。小说出不了，编程不顺利，现在我写点杂文。杂文嘛，大家都知道，写个小故事，凑些典故，再发点小议论。故事我会编，典故我也知道一些。至于教育意义吗，我不傻，好歹能弄出一个来——想采访这种事，就得打进去。编辑先生按广告上的通讯地址寄信去，声称自己正是被寻求的人，回信多是复印的纸条，上面写着：我们还不认识呢，请寄二十五美元来，我给你寄张照片，咱们加深一下了解，岂不是更好些……二十五美元寄去，相片寄来，再去信就不回了。很快他就攒了一抽屉稀奇古怪的相片，自己都不好意思了，在抽屉上加了三把锁。这些通信地址全是邮局的信箱，找都没处找。我以为登这些广告的不是所谓的金发女郎，可能是老头，也可能是老太太，甚至是彪形大汉，见面会吓你一跳的。总之，全是拉丁美洲的移民。照片是低价买来的，这件事是他们的家庭副业，但这么一解释就没什么教育意义了。这不是人欲横流，而是某些层次低的人骗点小钱来花，这种事咱们这里也有……

编辑先生对此另有理解，他发现 S/M 是这样一种生意：M 是卖照片的，S 是买照片的。他就这么写成专访，交了上去。然后就发生了我很熟悉的事：稿子被枪毙了……看来他非得找着一个不卖照片的，去亲身体验一下才成——这位兄弟为此满心的别扭，他是虔诚的天主教徒，每礼拜都要望弥撒，而且古板得要命。他的处境比我还坏，想到这一点蛮开心的。我很困，要睡了。故事下回再说吧。

二

"茫茫黑夜漫游"，这是别人小说的题目，被我偷来了。我讲这个故事，也是从别人那里抄的，既然大家都是小说家，那就有点交情，所以不能叫偷，应该说是借——我除了会写小说，还会写程序。三年前，有个朋友到我家里来，看了我的本领后说：哥们儿，你别写小说了，跟我来骗棒槌吧。现在棒槌很多，随便拿dBASE写两句，就能弄着钱啊！所谓棒槌，就是外行的别名，这称呼里没什么恶意。我喜欢棒槌，尤其是可爱的女棒槌，我会尽心尽力地帮助她，但我正觉得写小说很好，没和他去骗棒槌。

就在前两天，我又巴巴地去找这位朋友，求他给我点事做。朋友面有难色——他说，这个行当现在不好做。棒槌依旧很多，钱却没了。企业都亏损，没钱，个人不在软件上花钱。我听了这话就叹起气来。你也许不知道，这世界上最叫人不忍看的事不是西子捧心，而是王二失意——平日很疯狂的一个人，一下就蔫得不成样子。朋友不忍看，就说：好吧，我给你找活。你自己先操练一下，本领要过硬——现在不是三年前了。我现在就在操练。你猜我发现了什么？我自己就是一根棒槌……仅仅三年，电脑就变成了这种鬼样子——从 Intel 公司到比尔·盖茨，全是一伙疯子！

现在我是根电脑棒槌，但我不以为自己会成一根小说棒槌。现在不会，将来也不会。永远都不会。这是我的终身事业，我时刻努力。这件事就不说了，还是讲我的故事吧：希腊医神说得好，这个人的美酒佳肴，就是那个人的穿肠毒药。就说这故事里的编辑吧，面临一项采访任务。我估计有些人接到这样的任务会兴致勃勃，但他完全是捏着鼻子在做。他在老板的逼迫之下继续着，看了无数无聊的小报，浪费了很多信纸，写了很多肉麻的信，起了很多身鸡皮疙瘩……终于联系上了一个。这一位没让他买照片，也没让他寄照片，而是直截了当地要求见面。编辑先生也想快点见面来完成他的专访，但是他想，这件事还是应该按 S/M 的套路来进行才对。用通信的方式约好了见面干什么，他又在市中心匿名租了一所房子，作为见面的地点。然后，这个故事真正到了开始的时节：这位先生穿着黑色的皮衣、皮裤、皮坎肩，戴上皮手套和皮护腕，坐在空房子里等人。穿上这些衣服，可以驾飞机飞上寒冷的高空，也可以到北极去探险。有件事我忘了说了，这故事发生在七月份的纽约。那里又热又闷，他租的房子又没空调,但他不能不穿这些衣服,否则就没有气氛——所以只好起痱子。这位先生是一个真正的绅士,所以今晚要做的事也不能让他开心:他要把一位陌生的 lady 叫做一条 worm,中文太难听了,只能写英文。还要把她铐起来打她的屁股。他想,下回忏悔可有的说了。他觉得没滋没味,没情没绪,恨不能一头撞死。这也是我此时的感觉——我刚刚看了自己写出的程序,乱糟糟的像一锅豆腐渣,转起来七颠八倒,还常常死机。像这样的源码别说拿给别人看,自己留着都是种耻辱,赶紧删了算了。但是朋友要看我操练的结果,有点破烂总比没有要强……

且把故事放到一旁,谈谈医神的这句话:此人之肉,彼人之毒。这是我所知道的最重要的至理名言。在美国,S/M 就是最好的例子。有些人很喜欢,有些人很不喜欢。但对更大多数的人来说,它是无穷无尽的笑料。在美国我讲这个故事,听见的人都笑。在中国讲这个故事,听见的都不笑。还有人直愣愣地看着我说:你这个故事意义在哪里?倒能把我逗笑了。《生活》的朋友说,他们有四万读者。我总不相信这四万读者全是傻愣愣瞪着双眼等待受教育的人,就算是吧,我也能想出一个来。所以接着讲吧:那位编辑先生穿着一身皮衣,坐在空房子里。对面有个穿衣镜,他在里面打量着自己,觉得像个潜水员,只是没戴水镜,也没背氧气瓶。说句老实话,潜水员在岸上也不是这样的打扮。就在这时,有人按门铃。出去开门时,他在身上罩了件风衣——这是必要的,万一是有人走错门了呢。门廊里站着一个很清纯的姑娘,没有化妆,身上穿着一件米黄色的风衣,她紧张得透不过气来……故事先讲到这里,容我想想它的教育意义。

三

我年轻的时候,喜欢科学、艺术,甚至还有哲学。上大一时,读着微积分,看着大三的实变函数论,晚上在宿舍里和人讨论理论物理,同时还写小说。虽然哪样也谈不上精通,但我觉得研究这些问题很过瘾。我觉得每种人类的事业都是我的事业,我要为每种事业而癫狂——这种想法不能说是正常的,但也不是前无古人。古希腊的人就是这么想问题。假设《生活》读者都是这样的人,就可以省去我提供意义的苦难:在为科学或者艺术疯狂之余,翻开"晚生杂谈",听听我这不着调的布鲁斯,也是蛮不错的——我知道作这种假设既不合道理,又不合国情。我的风衣口袋里正揣着两块四四方方很坚硬的意义,等到故事讲得差不多,就掏出来给你一下,打得你迷迷糊糊,觉得很过瘾——我保证。我的故事里,有一个穿风衣的姑娘站在门廊里——

编辑先生不敢贸然打招呼,生怕闹误会了。虽然他也想到了,七月底的傍晚,除了有重大的缘故,谁也不会穿风衣。他自己不但穿着风衣，还穿了一双高勒马靴，靴跟上带着踢马刺；手上戴着黑皮手套——他当然也有重大的缘故。据此认为他不怕热是不对的，他不仅怕热，而且汗手汗脚，手心和脚心，现在一共有四汪水。此时他暗自下定了决心说，不管发生什么情况，今晚决不脱靴子。让人家闻见这股味儿不好——当然，他早忘了，这里没有"人家"，只有一条 worm……他把手夹在腋下，但靴子是隐藏不住的。女孩看清以后，就钻了进来，脱下风衣挂在衣钩上。里面是黑皮短衣，不仅短，而且古怪。她不尴不尬地转过身来，打招呼道：你好。那男的想好了该说什么后，答道：你好，worm——说时迟，那时快，女孩扬起手来要给他个嘴巴。假如打着了的话，这故事就发生了重大的转折——谁是 S，谁是 M 都得倒过来——但她及时想明白了，把手收回来，摸摸鼻子说，你好，大老爷，奴家这厢有礼了——这几句倒是中规中式，不但合乎 S/M 的礼仪，也和我们民族的文化传统暗暗相通。可惜她马上就觉得不自在，翻口道：叫蛆太难听了！咱们改改吧，你可以叫我小耗子。可以理解，谁都不想做昆虫的幼虫，都想做哺乳动物。这个要求本不过分，但我们的编辑先生从小到大痛恨一切啮齿类，所以硬下心来说道：不行。我又没逼你，是你自己要做蛆的。那女孩想了想，叹口气说，是吗？那好吧。但是，叫你大老爷，是不是太肉麻些了？那男的马上想说：好，你就叫我比尔吧——但他立刻想到，叫比尔怎么成呢，气氛就没有了，专访怎么写？于是硬下心来答道：不行！

怎么这么啰嗦呢？不要忘了，你是条蛆呀！与此同时，他在心里记下：下回忏悔时别忘了说，我对人家女孩子发横。主啊，原谅我吧，我也是为了新闻事业——这个人的毛病是顾虑太多，一点都不干脆……

我有些编辑朋友，他们说，你也不能老这么不酸不凉的。文章要让一般读者能看懂，还要有教育意义。具体到我讲这个故事，教育意义就是：资本主义社会太黑暗，让有才华的文学青年去做无聊的专访，逼良为娼——好吧，我把砖头掏出来了。拍过了这一下，就可以接着讲故事了。说句实在话，我讨厌这个男主人公。他粘粘糊糊，满心的顾虑。至于我，过去是干脆的，现在也变得顾虑重重。一位报纸编辑告诉我说：兄弟，你是个写稿的人，不是载运死刑犯的囚车啊。别老写些让我们老总见了就毙的东西，拜托了……这是个合理的要求。对于我讲的故事，也该加些批判进去，让我自己也显得乖些。那美国编辑说，他是为了新闻事业。什么事业？男盗女娼的事业——唉。我自己也是个小说家。假如我真看不出来这个故事是别人编来逗笑的，还要一本正经地批判一番，那就像个傻 × 了。傻 × 就傻 × 吧，我现在已经很随和了。你可以叫我傻 ×，还甚至可以说我是 worm，我都没意见，虽然我也想做个啮齿类。程序调不通，稿子又不肯好好写，我算个什么人呢。做人应该本分，像老舍先生生前说过的那样，多配合……只有一点我不明白。像这样活着，到底是为了什么呢。

四

我年轻时,觉得一切人类的事业都是我的事业,我要拥有一切……如果那时能编程序,一定快乐得要死。顺便说一句,想要拥有一切时,我正在云南挖坑,什么都没拥有。假如有个人什么都想吃,那他一定是饿得发了慌。在现代,什么都想干的人一定是不正常。不管怎么说吧,我怀念那个时代。那是我的黄金时代。现在我也在编程序,但感觉很不好。这说明我正在变成另外一个人,那种嚣张的气焰全没有了。关汉卿先生曾说,他是蒸不熟煮不烂碾不扁磨不碎整吃整屙的一颗铜豌豆。我很赞赏这种精神,但我也知道,这样的豆子是没有的。生活可以改变一切。我最终发现,我只拥有一项事业,那就是写小说。对一个人来说,拥有一项事业也就够了……所谓小说,是指卡尔维诺、尤瑟纳尔等人的作品,不是别的。这两位都不是中国人,总提外国人的名字不好,人家要说我是民族虚无主义者。所以,所谓小说,乃卡威奴、尤丝拿之事也。这么一说,似乎实在得多了。像这样闲扯下去真是不得了,且听我讲这个故事吧。

那位编辑和一个陌生的女孩在门厅,寒暄过后,就到后面卧室里去。那女孩一路上东张西望,不停地打听:你就住在这儿吗?

长住短住？你什么职业？喂喂，除了叫大老爷，你还叫什么呢？编辑先生感到很大的不快，想道：他妈的！我要做专访，可这到底是谁访谁啊！但他没有说出口来。他只是板起脸来说道：不要叫我"喂喂"，该叫我什么你知道。你是个什么也别忘了……那女孩吐吐舌头说，好吧，我记住。等会儿我当完了 worm，你可要告诉我啊。这位编辑登时有种毛骨悚然的感觉。坐山雕在威虎山见了杨子荣，也有这种感觉，这个土匪头子是这么表达的：你不是个溜子，是个空子！但编辑没说什么。他只是想着：上帝啊，保佑我的专访吧！让我有东西向老板交差！……我就不信专访有这么重要。所以，他说的"专访"，应该理解为"饭碗"才对。在饭碗的驱使之下，他把那女孩引到了卧室里。这间房子挂着黑布窗帘，点着一盏昏黄的灯。这里静得很，因为这所房子在小巷里。除此之外，编辑先生亲自动手，把窗缝都封上了。房子中央放着一张黑色的大铁床。到了这个地方，女孩变得羞答答的。而那个编辑也有点扭捏。他干咳了一声，从背后掏出一把手铐——这是一件道具。女孩的脸涨得通红，她盯着他说：喂喂！有必要吗？真的有必要吗？那个男人臊得要死，但还是硬下心来说：什么必要不必要的！我也不叫做"喂喂"！别忘了，你只是一条蛆！整个故事里就是这句话最重要。在生活里，也就是这句话我老也记不住。

　　塞利纳杜撰了一首"瑞士卫队之歌"：

我们生活在漫漫寒夜,
　　人生好似长途旅行。
　　仰望天空寻找方向,
　　天际却无引路的明星!

　　我给这篇文章起这么个名字,就是因为想起了这首歌。我讲的故事和我的心境之间有种牵强附会的联系,那就是:有人可以从屈服和顺从中得到快乐,但我不能。与此相反,在这种处境下,我感到非常不愉快。近几年认识了一些写影视剧本的作者,老听见他们嘀咕:怎么怎么一写,就能拍。还提到某某大腕,他写的东西都能拍。我不喜欢这样的嘀咕,但能体谅他们的苦衷,但这种嘀咕不能钻到我脑子里来。人家让我写点梁凤仪式的东西,本是给我面子,但我感到异常的恼怒。话虽如此说,看到梁凤仪一捆捆地出书,自己的书总出不来,心里也不好受。那个写的东西全能拍的大腕,他是怎么想的呢……在我的故事里,那个女孩摸摸羞红了的鼻子(现在不摸一会儿就摸不到了),把手伸了出来,被铐到了床栏上。这是一种S/M套路。不要问我现在陷到什么套路里了,我不知道——我也想当个写什么都能拍或者登的大腕,但不愿把手伸出来,让别人铐住。其实我也是往自己脸上贴金:有谁稀罕铐我来呢。

五

在我的故事里，那个男编辑把牙齿咬得格格乱响，猛然闭上眼睛，挥起戴着黑手套的左手（这是因为位置的关系，他不是左撇子），劈里啪啦，连打了二十多下。必须给人类的善良天性以适当的评价，这二十多下多数都打到床垫上了。在此说句题外之语，我也不喜欢拿教育意义去拍别人——打完以后睁眼一看，那女孩挣得满脸通红，趴在床上浑身颤抖。假如是在哭，那人必定会为此难受。实际上是在笑，所以他感觉更糟。他满身都是臭汗，皮衣底下很是粘稠。左手在抽筋，左臂又像脱了臼。所以他不管三七二十一，转身向酒柜扑去。首先，他拣了特大号的杯子，往里面加满了冰块，然后先灌满汽水，再加一小点杜松子酒，正准备一口全喝下去，忽听身后有响声。回头一看，那个女孩挣扎着跪在了床上，扭着脖子看他，眼睛瞪得比酒杯还大。两人这样对视了一会儿，那女孩说：别光顾你自己喝啊！那人想，她说得对，就把酒杯放下，问道：你喝什么？女孩说：苏格兰威士忌。黑牌的。加两块冰。他转身去拿酒——顺便说一句，这编辑是个会享受的人，酒柜里什么都不缺——一面倒酒，他一面唠叨着：苏格兰酒。黑牌的。加两块冰。这可不像是一条蛆的要求呀……

又到了夜里两点多钟。看来，电脑这个行当我是弄不下去了，

Win3.1刚会弄，又出来了Win95。BC4.5刚会写，又出来了5.0。像这样花样翻新，好像就是为了让我头晕。只有一件事不让我头晕，那就是小说。在此必须澄清一种误会：好像小说人人都能写，包括坐在奔驰车后座上的富婆……小说不是这样轻松的事业。要知道卡尔维诺从中年开始，一直在探讨小说艺术的无限可能。小说和计算机科学一样，确实有无限的可能。可惜我没有口才，也没有耐心说服我的主编先生。对我来说，只有一种生活是可取的，就是迷失在这无限的可能性里。这种生活可望而不可即。现在我的心情就像那曲时断时续、鬼腔鬼调的布鲁斯……但是，我说这些干什么呢？逗主编先生笑吗？"还小说艺术的无限可能呢你。你不就是那个王二吗？"

现在还是来讲这个故事吧。那个编辑端了酒，朝女孩走去。她挣扎着想接过这杯酒，但是不可能……于是，他很温柔地揽住她的肩头，把酒喂到她唇边——同时下意识地数落道：苏格兰酒。黑牌的。不多不少，两块冰。可你不是一条蛆吗？那女孩马上就喝呛着了。她浑身颤抖着说：你就别提这个字了……

我说过的吧，这故事编出来，就是为了博别人一笑。我的动机也是如此。我说自己兜里揣着两块教育意义，随时可以掏出来，这是吹牛皮。要真有这样的本领，我就不编程序了。不追求教育意义的读者一定已经猜到了故事的结局：那个男的掏出钥匙来，打开了手铐，打着哈哈说：对不起。我不是真的——我是个报纸的编辑，出来找写文章的材料。那女孩揉着手腕说：对不起。我也不是真的。我是个社会学家，做点社会调查。笑过了以后，两人换上凉快衣服，一起出门找凉快地方去喝咖啡。在我自己的故事里，出版社的总编给我打电话说：那天你在门外吼什么呀你？开个玩笑嘛，你怎么拔腿就跑了……快回来。稿子的事还没谈完呢。唉。我的故事要是真能这样讲，那就好了。故事已经讲完了。还有一点需要补充的，这个故事拿 S/M "搞笑"，但我对有这种嗜好的人不存偏见。可笑的是，既不是这种人，又不是这种事，还要这么搞。现在我揉揉眼睛，振奋起精神，退出写文章的程序。发了些牢骚，心情好多了。我觉得我还是我，我要拥有一切——今天要是不把那段 C++ 程序调通，老子就不睡了……

* 载于 1997 年第 3 期《三联生活周刊》杂志。

樱桃红

六十年代中期的某一天,深秋时节,楚楚走在海德堡的街道上。这个季节德国阴云密布,落叶飘零。楚楚比以前更成熟、更自信,因而也就更美丽。她穿着黄呢子军装,足蹬马靴,武装带上挂着马鞭,大檐帽上有一颗红星。挟二战苏联红军横扫欧陆的余威——这身装束就如一记耳光,抽在了健忘的德国小市民脸上。她从宫堡下狭窄的石板路上走过,走上了内卡河上著名的老石桥,路上的行人畏畏缩缩地给她让路。在桥上,她向一位中年男子走去,那人惊恐万状地举起了双手,几乎落入水中。等到知道楚楚只是问路时,又庆幸自己捡回了一条命,略带几分谄媚地指着方向,甚至陪她走了几步。但楚楚不理他,只顾大步走开,马刺在铺街石上打着火星。后来,她走到一条偏僻的街道上,手里拿着一个信封,逐个对照着门牌。最后,她终于找到了,大踏步冲上了台阶,在她身后,那些畏缩不前的行人找到了机会,赶紧像耗子一样溜着墙根通过。楚楚按门铃，用马鞭的柄敲门，用皮靴去踢门，用俄文大声呐喊着。在此需要申明，我们的女主人公不是没有教养的人。但在此时此地，一切繁文缛节都可以忘记——她是一位复仇女神，向德国人讨还良心债。

门开了，一个头发灰白的老人躲在门后，缩在睡衣里，看到门前站了个苏联大兵，连忙奋力要把门关上。但是，楚楚的马靴已经插到门里去。她的力气也比这老头要大。她推开了门，闯进了门廊，而那个男人则向后退却，本能地把双手举过肩头，面露惊恐之状，嘴里嘟哝着什么……大概是"我投降，请饶命"。后来，他认出了楚楚，就垂下手来，谦卑地说道：我终于等到了您——您终于来了。楚楚脸色阴沉，把门用力关上，咬牙切齿地说：你这魔鬼，果然没有死……他答道：这是上帝的意志。稍停片刻他又说：请随我来。在客厅里，这个德国老人解释着一切：他曾想用手枪自杀过，但枪卡壳了——他在监狱里度过了很多年，现在因为有病被放了出来。这个老家伙满脸皱纹，牙齿被咖啡染黑，穿着一件蓝色睡衣，赤着脚，穿一双长毛绒的地板拖鞋。楚楚坐在沙发里，用马鞭扫着自己的靴筒，而他则坐在对面的圆凳上，状如受审。

他说道，他已到了风烛残年，地狱正在向他招手。此时楚楚截断他道：但是你还没有死……

他同意道：是。这是上帝的意志。楚楚说：你那位上帝是不是让我可怜可怜你？这句话像鞭子一样抽在这个前战犯的身上。他因此直起腰来，眼睛里闪着火花，大声说道：不！不要对我用"可怜"这个词！楚楚也站了起来，厉声喝道：喊什么，你还没喊够吗！于是他又低下头来，小声说道：是，是。我错了。我想说的是，您没有明白我的意思……楚楚进一步叫喊道：你什么意思？我会不明白你的意思！？——她郁积已久的愤怒像火山一样爆发了。他继续说着，但被楚楚的喊声所淹没，一点都听不见。直到楚楚喊完了，才听到他说：我不是请您可怜我。我不配啊……

听清了这两句话，楚楚又爆发了怒气，再次痛斥德国鬼子说：混账，那你叫我来干什么？……等到她力竭，客厅里又响起了他的低语：请您惩罚我……如是者再三。楚楚终于语塞，二二乎乎地问道：惩罚你？怎么惩罚你？他就暧昧地一笑，说道：这就要请您来吩咐了……楚楚终于陷入了迷惘，跷起腿来，用手支着她的脸腮，小声嘀咕道：这是什么意思呢？……那德国军官答道：我没有意思，一切都要听您的意思。这使楚楚更加困惑了……

趁楚楚沉思的机会，他偷偷打量她，终于幽幽地说道：您可真美啊——楚楚为之一惊。如前所述，楚楚比在《红樱桃》那部戏里时更加美丽，理应得到赞誉；但来自魔鬼的称赞绝不是什么好事——如何针锋相对地反击，实在有点困难。如果说：我丑得很！这是灭我方威风，长敌方志气。如果说：我就是美！也是助长了敌方的气焰。她终于找到了一句恰如其分的话：狗东西，我美不美干你屁事！而他又低下头去说：您说得对。所以要请您惩罚我……

然后，楚楚又在屋里来回踱步，终于说道：你写信叫我来干什么？他舔舔嘴唇，抬起头来说道：

"我正要告诉您。我欠别人的都已还清。我只欠您的。"

楚楚：你什么意思？

他说：我只欠您的。这就是说，我是您的了。

随着这句话，他向楚楚低下了头，暴露了他满头的花白头发……

楚楚瞠目结舌地看着他，终于高叫道：我要你这糟老头子干什么？而那德国鬼子说：不要我这糟老头子（这句俗话由舌头不会打弯的洋人说出来，声调十分有趣），您干吗要来呢？楚楚因此震怒，想要斥骂他，但话到了嘴边又噎住。她终于说：他妈的，你说得也对。她退回沙发上坐下，开始沉思起来……

后来，他回避着楚楚的目光说：您要不要喝点咖啡？她想了一下，骤然想到自己和眼前的男人势不两立，就喊道：魔鬼！谁喝你的咖啡！但他又幽幽地说：您错了。您是这里的主人。所以，不是我的咖啡，是您的咖啡。这使楚楚更加糊涂了，她终于减低了声音，说道：那就喝一点吧。于是，他走到厨房里去……楚楚一个人在客厅里。她终于可以充分表现自己的困惑：她不知那德国人要搞什么鬼。

他端着咖啡回来，把托盘放在茶几上，退回自己的座位。她拿起杯子，喝了一口咖啡。然后她说：苦兮兮的，有什么好喝！我们知道，德国人最讲究喝咖啡，这话使他难以忍受，瞪起眼来大喝一声：这是最上等的巴西咖啡——我自己都舍不得喝，给您留的！楚楚一惊，双手捧住了杯子——但他马上又领悟到自己的不对，小声说道：我错了，我不该夸耀我的咖啡。楚楚也明白了，她伸出手来，把杯子里的咖啡倒在地毯上。可以看得出来，那德国鬼子尽了最大的努力才克制了自己，没有向楚楚扑去——客厅里铺着波斯的手织地毯，非常值钱。顺便说一句，要是楚楚知道地毯的价值，也不会把咖啡往上倒：应该珍惜伊朗人民的劳动成果。等到最后一滴咖啡落到地毯上，他才颓然落座道：您做的一切都是对的……最后，楚楚把杯子在地毯边上的地板上摔成了碎片。这老东西禁不住嘟囔了一句：这可是明朝的杯子呀——当然，您做的都是对的。

楚楚终于按捺不住自己高尚的愤怒，朝那德国人扑去，左右开弓，痛打他的嘴巴。令人诧异的是，他离开了凳子，跪在了地板上，用脸去迎楚楚的手，并用暧昧的声音说道：打得好，请珍惜你的手！打得好，请珍惜你的手！这使楚楚有点诧异，停下手来问道：怎么个珍惜法？那德国人征得了许可，爬着取来了一双黑皮手套，让楚楚戴上。后来，楚楚又去砸他的家具，把一切都砸坏。最后砸的是那德国人坐的凳子，这是个厚重的琴凳，怎么都摔不坏。德国人说道：缅甸柚木的，我去拿把斧子来。楚楚在愤怒中一脚把他蹬倒，说道：老狗！我不是给你劈柴来的！但过了一会儿，她又觉得疑惑，停下手来问道：你是不是有病（与此同时，她用手指指脑子）？那德国人却恢复了普鲁士贵族的自尊，在地毯上跪得笔直，傲然答道：我没有病！我只是很坏！……需要提醒读者的是，阶级敌人是不会彻底坦白的。这个老纳粹不仅是坏，还有满肚子各种各样的变态心理。我们要彻底把他揭发出来……

再后来，楚楚在客厅里踱步，而他在地毯的中央跪好，低着头。周围现在是一片月球景色。楚楚趾高气扬地说道：老东西，这回你心疼了吧。他心不在焉地答道：是，是。很心疼。但是……楚楚痛恨这个"但是"，厉声喝道：什么"但是"？德国人就答道：是。是。没有但是。您说的都是对的。楚楚更高声地喝道：有话就说，有屁就放，兜什么圈子！德国人说：是的，是的。首先我想告诉您，您生气的样子可真动人（楚楚要不要因此动怒，要不要打那德国鬼子，打几下等等，由导演来决定），其次，您为什么不来惩罚我呢？这使楚楚为难：还怎么惩罚你？他说：我能不能提个建议？楚楚倒吃了一惊：你来提建议？新鲜哪……后来又说：好吧，听听你的主意。他就站了起来，说道：请随我来。

在到后厅的路上，他说道：您还是那样纯真。上帝啊，当年我犯的是什么样的罪孽啊……然后他打开了房门。这里光线幽暗，在这间房子的中央，有一张手术床，与寻常手术床不同的是，床上钉有一些黑色的皮带：可以看出是用来把受术者的四肢、脖子拴在床上之用。而这个房间也半像手术室，半像刑讯室。楚楚见了这景象，不禁后退。他说道：我准备了这些。我一直在等您来——

那德国人走向手术床，他把床边台子上的白布单揭开。台上放着纹身的用具……他脱掉了睡衣，俯卧在床上。奇怪的是，此人的脸虽苍老，身体却像是少年，又白又嫩。要是又老又皱，就不够刺激——不是谁都配为艺术作牺牲的！他又说：现在，来惩罚我吧。说着，他闭上了眼睛。楚楚犹豫了片刻，终于走上前去，用床头的皮带把他的脖子扎住——她已经被这种景象魔住了。等到皮带全部扎紧，那德国鬼子绷紧了身躯，发出难以形容的呻吟声——这种声音使楚楚连针都拿不住了……楚楚触摸着他的背部，觉得这日耳曼人白玉般的皮肤简直是艺术品，她有点难以下手。但那德国鬼子说道：请不要怜惜我……

楚楚终于在他背上纹出了一只衔着橄榄枝的鸽子。那德国人通过床前墙上的镜子，看到了这一切，用异样的声音说道：您终于原谅我了。楚楚俯下身去，在上面轻轻一吻。请注意，她吻的不是德国鬼子，而是吻了这只象征着和平的鸟——在此之前，他一直在痛苦地呻吟，挣扎，至此发出了一声满意的叹息，躺倒不动了……再往下就不用我来写，导演自会安排。楚楚还在他身上干了些什么，德国鬼子又说了些什么，都由导演来安排。导演是内行——让我们言归正传，等到纹身结束之后，楚楚松开了绑住他的皮带，翻过他的身体，发现那德国人已经死掉了，令楚楚不胜诧异的是，他脸上竟带着幸福的微笑。此时，悠扬的乐曲声渐起，银幕上出现了中英两种文字的字幕："to be continued"和"待续"。

似水柔情

一

这件事发生在南方一个小城市里,市中心有个小公园,公园里有个派出所。有一天早上,有一位所里的小警察来上班,走进一间很大的办公室。在他走进办公室之前,听到里面的欢声笑语,走进去之后,就遇到了针对他的寂静。在一片寂静之中,几经传递之后,一个大大的黄信封交到了他的手里。给他这个信封的警察还说:小史,这些邮票归我了。小史看到这个大信封上的笔迹和花花绿绿的香港邮票,就知道它是谁寄来的。在这个屋子里,在这些人目光的注视之下,当然以暂时不打开信封为好。但是他忍耐不住,还是打开了。信封里除了一本薄薄的书,别无他物,甚至书里也没有一封夹带的信,扉页上也没有一行手写的字。小史在翻过了这本书之后,感到失望。就在这时,他看到扉页上印着:

"献给我的爱人。"看到了这行字,他长长地出了一口气,好像有一块石头落了地。他甚至还用手指仔细摸了一下这行字,然后把它锁在了抽屉里,出门去了。

有关这本书,我们需要补充说,它是阿兰寄来的。信封上写了阿兰的名字,书上也印了他的名字,这本书就是阿兰写的。这间房子里的每个人都看到了,小史收到了一本阿兰寄来的书,看到了他如何急匆匆地搜索这本书,他如何急迫地注视扉页上的题字,又如何抚摸这行字——这一切都在静悄悄的众目睽睽之下。这屋里的人发现了小史很动情、很肉麻,绝大多数的人看到了这些就可以满意了。假如有一个人认为这还不够,需要打开小史的抽屉,把这本书拿出来给大家传看,她肯定是小史的老婆点子。她真的这样做了,拿出那本书,仔细地搜索,终于找到了扉页上的题字,让所有的人都看到小史这不可告人的一面。当然,这样做是不理智的。然而,点子远不是个理智的人。

小史收到了阿兰寄来的书,心情非常的兴奋。他的心脏为之狂跳,脸为之涨红,手也为之颤抖;他不愿待在办公室里让别人看,所以跑了出来。这种心境我们称之为爱情。他先去上厕所,而那个厕所是同性恋集会的场所,他在那里碰见了几个圈子里的人,那些人对他的神色十分注意,他也不想被这些人所注意,所以赶紧跑了出来,在公园里漫步,而在公园里见到的每一个人都注意地看着他。他觉得所有这些注意都不怀好意。他仔细回避这些目光,走到公园的一个角落里。这里有一把长椅，一年之前，阿兰就坐在这个椅子上。此时此刻，小史也坐在这个长椅上，拿手遮住自己的脸。阿兰离开他已经有一段时间了，他看不到他，摸不到他的身体，嗅不到他的气味，但是他寄来的一本书却能使他如受电击。这种感觉从未有过。小史自己也说：这就是爱情吧。

二

与此同时，阿兰生活在遥远的地方，在一间白色的房间里。这间房子很是空旷，只是在窗前地上放了一个床垫子。天气炎热，他赤身裸体，只在胯下盖了一条白色的毛巾被。在床垫上，放着他写的书，和寄给小史的那本一模一样。在他面前放了一个大可乐瓶子，还有一个空杯子。对他来说，那个小公园、公园里的人等等，都成为过去了。但是他当然记得这些人，还有绝望。这就如孤身经过一个站满了人的长廊，站在你面前的人一声不吭地闪开了，一切议论都来自身后。这就如赤身睡在底下爬满了臭虫的被单上。这是来自身后的绝望。来自身前的绝望则是一个张牙舞爪的小警察，羞辱他，苛待他，但是阿兰爱他。这个小警察就是小史。

有关这位小警察，我们需要补充说，他容貌出众，衣着整洁，气质潇洒，正如你会在某个副食店里见到一位容貌出众的姑娘，并且为她在这里而纳闷，这个公园派出所里也有这么一个小警察。这个公园是同性恋聚集的场所，他们议论起男人时，就和议论女人一样，所以这个小警察就是公园里的大众情人——当然，这一点他自己并不知道。当他到公厕里去时——他当然也要到那里去，因为那个公园里只有一个厕所，而且大众情人也要上厕所，所有的隔板后面都伸出人头来看他。很难想象谁会追踪一个异性的大众情人到厕所里，看他在抽水马桶（更不要说是蹲坑）上的形象，但是同性恋是会的。

三

有关这位小警察，我们知道，每次他值夜班时，都要到公园里逮一个同性恋来做伴。有一天晚上，他在公园里的长椅上逮住了阿兰。当时阿兰正坐在别人身上，和那个人卿卿我我，忽然被手电光照亮了，一副目瞪口呆的模样。小警察在灯光后面说道：嘿，你们俩，真新鲜哪。这时阿兰站了起来，而另外那个人则跑掉了。小警察走上前来，一把抓住他的手腕，说道：你别也跑了。阿兰并不经常被逮住，所以当时他感到如雷轰顶，目瞪口呆。小警察用手电在他脸上晃了一下，说道：挺面熟嘛。你是不是老来？而阿兰因为过于惊慌,答不上来。小警察说道:和我走一趟吧。他拿出一副手铐,说道:用不用给你戴上?阿兰结结巴巴地问道:什么?小警察说道:你想不想跑?阿兰答道:不……不。小警察说:那就用不着了。就该是这样,跑得了和尚跑不了庙嘛。他把手铐别在腰里,拉着阿兰走了。时隔很久,当时的恐惧早已散去之后,阿兰说:那天晚上开始时是多么美好啊。小史的一握使他怦然心动,而小史要给他戴上手铐,又使他很是兴奋。这些感觉使他张皇失措了。

四

小警察拉着阿兰走在林荫道上,一面走一面教育阿兰。有趣的是,这场教育开始的时候,竟是劝阿兰不要太害怕,不要这么哆哆嗦嗦。他是犯了错误,但是这个错误并不大,"既不是抢银行,又不是拦路强奸",所以,小史也不想把阿兰怎么样。我们知道,他抓阿兰是要消遣他一场(这件事将会在后面谈到),假如阿兰吓得像一团烂泥,就会没意思了。

时隔很久以后,阿兰回味那个夜晚,觉得小史拉着他走路,就像一个大人拉着一个捣蛋孩子一样。这就是说,前者竖着走,后者横着走。不过,他更愿意把这想象成一个漂亮男孩拉着他的捣蛋女朋友，这当然是出于他自己的嗜好。

小警察这样说到阿兰所犯的错误："你们的事我都知道……十个扁儿不如一个圆，是吧。差不多得了，那么讲究干吗。扁就扁点吧，现在是社会主义初级阶段，咱们别来外国人的高级玩意。"这倒使阿兰吃了一惊，说："这不是扁和圆的问题……"然后小警察粗暴地打断他说：甭跟我说这个，我不想听。时隔很久之后，阿兰回味这些话，觉得小警察的这些粗暴、无知的话不仅是有趣，而且是非常的可爱。

五

那天晚上在公园里，小警察拉着阿兰走，阿兰偷偷把手伸到他的后面，摸他的屁股。可能哪个捣蛋女朋友也会摸自己的漂亮男孩，但是他摸得过分了一点。阿兰的手极富表现力，并且变化多端。小警察渐渐走不动了。走到路灯下，小警察放开了他的手，阿兰放慢了脚步，逐渐和警察分开。最后他在路灯下站住，小警察单独行去，越走越远，直到在夜幕里消失，都没有回头。那天晚上，阿兰就这样逃掉了。而后来，他想起这件事，却感到无限的追悔。显然，他该和小警察到派出所里去，聆听他的训斥，陪他度过一夜。除此之外，伸手去摸小警察的屁股，是个粗俗无比的举动。而逃跑这件事又实在有违他的本心。阿兰把这件事归咎于粗俗男子的劣根性。是他自己把那一晚的浪漫情调破坏了。

阿兰以为，爱情的美丽不是取决于爱人，而是取决于自己：取决于自己的温文柔顺。因此，就算有最可爱的爱人，但是自己不温文不柔顺，也不算是美好的爱情。因为这个缘故，后来，阿兰又坐到了小史的面前，这完全是有意为之。而这一次小史不但毛躁，而且有点要算旧账的情绪。这一点完全在阿兰的意料之中。

六

晚上，小史回到派出所的办公室里来，打开台灯，在灯下翻看那本书。他希望这本书里会谈到他们之间的爱情，但这却是一本历史小说，这使小史大失所望。不管怎么说，他还要读这本书，因为这是阿兰写的。但是他会抱着失望的心情来读这本书。现在阻碍他真正阅读这本书的，就是阿兰本人，或者说，是有关阿兰的种种回忆。

一年之前，阿兰坐在公园里的椅子上。他穿了一件丝绸的衣服，是紫色的，在公园里很是显眼。在小史看来，他的样子过于花哨，除此之外，他还觉得阿兰看他的样子相当古怪。想起那天阿兰的举动，小史的心里升起报复的愿望，就把他抓到派出所里去。

小史命阿兰蹲在墙根下。蹲在他左面的是一个教艺术的教授，蹲在他右面的是一个搞建筑的民工，一共是三个人。左面的教授有口臭，右面的民工有汗臭，气味不比厕所里好。这里的规矩是要他们用最低的蹲法，也就是说，像屙屎一样地蹲着，双手伸在膝盖上，脑袋朝前耷拉着，阿兰觉得这种姿式不雅，总要把重心——说准确了，是臀部，升起来，放在小腿上，但被警察喝止。人家要求他们这样蹲着想想自己的错误，而正常的人这样蹲时只会想到屙屎，这样就给他们的错误定了性——这种错误十分的肮脏，而另外的蹲法就不那么肮脏，因而背离了他们错误的性质，所以被禁止。阿兰就这样蹲在墙下了。

阿兰进去之前，在一种绝望的心境之中。蹲了一会儿之后，就摆脱了这种心境，因为他感到屁股疼，大腿疼，渴望能站起来，这样就不绝望了。蹲在他旁边的教授年纪较大，很快就吃不消了，发出了一种若有若无的哼哼。而那位民工则感觉较好，因为他比较习惯蹲着，而且也有事干，不觉得无聊。这件事就是从肋上往下搓泥球。他们蹲在一位女警察（该女警察就是点子）座位后面，使她受到干扰。她特别反感民工搓泥，所以拿了一张纸，让他搓在上面，然而这样做了以后，她还觉得恶心，就跑了出去，把那位小警察找了回来，让他把这些人弄走，"省得蹲在这里恶心"。她说话时用的是命令的口吻。说完这些话她就走开了，并且要求回来时这里没有讨她厌的东西。这些东西就包括阿兰在内。所以小警察就遵旨而行，把民工叫起来，打了他两个嘴巴，罚了他的款，让他走了。把教授叫了起来，教育了一顿，也让他走了。以上两位都是同性恋，都是有"行为"被看见了，民工还有敲诈的行为，这些在小警察的话语里有所流露（小警察说：你都干什么了？什么都没干我会逮你们吗？少废话，罚款等等。他对民工说话，就不用训孩子的口吻）。

小警察在言谈中，特地提出了教授的年纪和地位，以此来激发后者的羞耻之心。但是他没有理阿兰。然后他请自己的太太回来坐，而后者不满意地说：怎么还剩了一个。对于请她凑合的要求，她的回答是：我不！结果是她在小警察的位子上坐，小警察出去了。然后出入的警察们问起墙角蹲的是谁，她就说，是小史的朋友，听说叫做阿兰。那些人说，阿兰，听说过。他们还说到，小史值夜班。看来小史要把阿兰留到夜班时谈谈。人们还说，小史可别和阿兰搞了起来，阿兰可不一般——人家说阿兰很性感（当然是开玩笑）。女警察挺起了胸膛，很自信地说：他敢！

这些谈话在阿兰眼前进行，但大家都视阿兰如无物，否则不会把这些荤段子讲了出来。这些使阿兰又忘掉了屁股疼，回到了绝望的心境——这就是说，他又十分颓唐地蹲下了。

七

　　从异性恋，尤其是从警察的角度来看，被逮住的同性恋者就如一些笼子里的猴子。小史也是这样地看阿兰。天快黑时，那位小警察——小史给自己泡了一碗方便面，与此同时，阿兰坐在了地上，小警察连看都没看他，就说道：没让你坐下。阿兰又蹲了起来。过了一会儿，阿兰又弓着腰站了起来。小警察说：我也没有让你站起来啊。阿兰又蹲下去，屙屎的姿势。这时小史用托儿所阿姨的口吻，说道：唉（读ei），叫干吗再干吗。小警察吃完了面条，给自己泡了一杯茶，然后伸了一个懒腰，这才看了阿兰一眼，说道：你可以站起来了。此时阿兰站起来，揉自己的膝盖。然后，小警察坐在办公桌后面，半躺在椅子上，舒舒服服地伸开了腿，说道：过来吧。等阿兰开始走时，他又说：自己拿个凳子过来。阿兰拿了凳子，走到屋子中间放下，坐在上面，两个人开始对视。这漫长的一夜就此开始了。

　　在那漫长的一夜开始的时候，小史对阿兰说：你丫说点什么。后者就说：我是同性恋。他还补充说：每个人的生活都有一个主题，而他的主题就是同性恋。小史那时的主题是反对同性恋，但是也很能欣赏这种直言不讳。

　　但是当小史问他是怎样一种同性恋法时，他却一声不吭了。

时隔一年之久，小史坐在办公桌前，手里拿着阿兰的书，他当然能够明白，阿兰之所以不回答自己是怎样一种同性恋法，是因为他爱他。他就是这样一种同性恋法。

小史翻开阿兰的书，浏览目录——他希望在这本书里提到他们之间的爱情，但这却是一本历史小说。当然，他还要看这本书，因为它是阿兰写的。他怀着极其复杂的心情看这本书，因为这本书和他本人没有关系。时间就停在他将读未读的时候了。

八

阿兰说，那漫长的一夜是这么开始的：

在一片寂静之中，阿兰低声说（声几不可闻）：扁儿是社会主义，圆儿是资本主义。

小警察不相信自己的耳朵：大声点，我没听见。

阿兰：扁儿是无产阶级，圆儿是资产阶级。

小警察强忍着笑，说道：再大点声。

阿兰大声说道：扁儿是社会主义，圆儿是资本主义；扁儿是无产阶级，圆儿是资产阶级！

小警察笑着招他过去，仿佛是要说什么悄悄话，但给了他个大耳光。

阿兰挨了嘴巴倒在地上。小警察恢复了镇定,说:起来吧。

阿兰起来后,他又说:坐下吧。阿兰坐下之后,他清清喉咙,说:"咱们说的不是扁和圆的问题。"

阿兰笑了。

然后,经过了长久的对峙之后,小警察忽然笑了,说道:咱们俩扯平了。这么干坐着有什么劲,你丫说点什么吧。此时他就不再像个警察,而像个通常的顽劣少年。阿兰后来坐在床垫上,对着小史的相片说,我想到这些,不是为了记住你的坏处,而是要说明,我是怎样爱上你的,我为什么要爱你。

九

那一夜里主要的事是:阿兰向小史交待自己的事情。这是因为天太热,前半夜睡不成觉,还因为派出所里蚊子很多,总之,小史在值夜班时总要逮个同性恋来审一审,让他们交待自己的"活动",以此消闲解闷。那一夜逮住的是阿兰,他交待的不只是"活动",所以那一夜也不止是消闲解闷。

阿兰从地下站起来时,两腿好像不存在了,过了一会儿,它们变得又疼又麻。但是他尽量不去想这些煞风景的事。现在小史就坐在他面前,他是他的梦中情人,又是他的奴隶总管……心稍微犹豫了一会儿,阿兰就开始说。他想的是:要把一切都说出来。

在那漫长的一夜里,阿兰这样交待自己:"我小的时候,一直待在一间房子里。这间房子有白色的墙壁和灰色的水泥地面,我总是坐在地下玩一副颜色灰暗、油腻腻的积木,而我母亲总是在一边摇着缝纫机。除了缝纫机的声音,这房子里只能听到柜子上一架旧座钟走动的声音。每隔一段时间,我就停下手来,呆呆地看着钟面,等着它敲响。我从来没问过,钟为什么要响,钟响又意味着什么。我只记下了钟的样子和钟面上的罗马字。我还记得那水泥地面上打了蜡,擦得一尘不染。我老是坐在上面,也不觉得它冷。这个景象在我心里,就如刷在衣服上的油漆、混在肉里的沙子一样,也许要到我死后,才能从这里分离出去。我从没想过要走出这间房子,但这是不可避免的事。""有时候,我母亲把我招到身边去,一只手摇着缝纫机,另一只手解开衣襟,让我吃她的奶。那时候我已经很大了,站在地下就能够到她的乳房,至今我还感到它含在我嘴里,那个软塌塌的东西,但是奶的味道已经忘掉了。到现在我不喝牛奶,也不吃奶制品。我母亲在喂我之前、喂我之后,和喂我的时候,始终专注于缝纫。她对我无动于衷。当然,我还有父亲,但是他对我更是无动于衷。我小时候的情况就是这样的。"

十

阿兰所交待的另一件事是这样的:"我走出那所房子时,已经到了上中学的年龄。

"上学路上,我经常在布告栏前驻足。布告上判决了各种犯人,'强奸'这两个字,使我由心底里恐惧。我知道,这是男人侵犯了女人。这是世界上最不可想象的事情。还有一个字眼叫做'奸淫',我把它和厕所墙壁上的淫画联系在一起——男人和女人在一起了,而且马上就会被别人发现。对于这一类的事,我从来没有羞耻感,只有恐惧。说明了这些,别的都容易解释了。

"班上有个女同学,因为家里没有别的人了,所以常由派出所的警察或者居委会的老太太押到班上来,坐在全班前面一个隔离的座位上。她有个外号叫公共汽车,是谁爱上谁上的意思。"

她长得漂亮,发育得也早。穿着白汗衫、黑布鞋。上课时,阿兰久久地打量她。

下课以后,男生和女生分成两边,公共汽车被剩在了中间。"我看到她,就想到那些可怕的字眼:强奸、奸淫。与其说是她的曲线叫我心动,不如说那些字眼叫我恐慌。每天晚上入睡之前,我勃起经久不衰;恐怖也经久不衰。

"公共汽车告诉我说,她跟谁都没干过。她只不过是不喜欢来上学罢了。这就是说,对于那种可怕的罪孽,她完全是清白的;

但是没有人肯相信她。另一方面,她承认自己和社会上的男人有来往,于是等于承认了自己有流氓鬼混的行径。因此就在批判会上被押上台去斗争。

"我至今记得她在台上和别的流氓学生站在一起的样子。那是个古怪的年代,有时学生斗老师,有时老师斗学生。不管谁斗谁,被押上台去的都是流氓。

"我在梦里也常常见到这个景象,不是她,而是我,长着小小的乳房、柔弱的肩膀,被押上台去斗争,而且心花怒放。

"在梦里,我和公共汽车合为一体了。"

十一

那天夜里,阿兰就是这么交待自己,当然,小史一句也没有听到,因为他根本就没有讲出来,只是在心里对他交待着。或者他听到了没有往心里去。不管怎么说,小史当时不是同性恋者。他想听到的不过是些惊世骇俗的下贱之事。因为这个缘故,所以双方对那一夜的回忆不尽相同。说实在的,小史对于同性恋者的行径知之甚详,他们在厕所里鬼混,肛交、口淫等等。这些故事他早已经听得不想再听。他只是想要听听阿兰怎么吃"双棒",并且想要知道他怎么双手带电。但是阿兰说:这些事是瞎编的,或者是别人的事，以讹传讹传到了他身上。这使小史很不开心，要求他一定要说点什么。阿兰就没情没绪地说起他的初次同性恋经历：和高中一个姓马的男同学的事。这件事在非同性恋者听来索然无味，他在姓马的男同学家里，先是互相动了手，然后又用嘴。阿兰尝出了该男同学的味道——他是咸的。这件事使他体会到性的本意，那就是见到一个漂亮的裸体男子，在你面前面红耳赤，青筋凸显，快乐地呻吟。同时品尝到生命本来的味道。当时他想道，自己是这样的温顺，这样的善解人意，因而心花怒放。这些话使小史很是反感，觉得阿兰很贱，甚至想要马上就揍他一顿。

时隔很久之后，小史对这件事有了新的体验。他很想听阿兰的"事"，在听之前很是兴奋；听到了以后，又觉得阿兰很贱。与其说他憎恶阿兰曾经获得的快感，不如说他憎恶这种快感与己无关。这就是说，他身上早就有同性恋的种子，或者是他早就是同性恋而不自知。要不然就不会每次值夜班都要听同性恋的故事。

十二

时隔很久之后，小史坐在灯下，手里拿着阿兰的书，想明白了阿兰当时为什么不想谈到自己的同性恋经历和同性恋恋人，而喜欢谈不相干的事，这谜底就是：阿兰爱他，而他要求阿兰谈这些，是因为当时他不爱他。他终于打开了阿兰的书。

阿兰的书里第一个故事是这样的：在古代的什么时候，有一位军官，或者衙役，他是什么人无关紧要，重要的是，他长得身长九尺，紫髯重瞳，具体他有多高、长得什么样子，其实也不重要，重要的是他在高高的宫墙下巡逻时，逮住了一个女贼，把锁链扣在了她脖子上。这个女人修肩丰臀，像龙女一样漂亮。他可以把她送到监狱里去，让她饱受牢狱之苦，然后被处死；也可以把锁链打开，放她走。在前一种情况下，他把她交了出去；在后一种情况下，他把她还给了她自己。实际上还有第三种选择，他用铁链把她拉走了，这就是说，他把她据为己有。其实，这也是女贼自己的期望。

阿兰在书里写道：正是阳春三月，嫩柳如烟的时节，那位衙役把她带到柳树林里，推倒在乌黑的残雪堆上，把她强奸了。然后，她把自己裹在被污损了的白衣下，和他回家去。阿兰说：铁链的寒冷、残雪的污损，构成了惨遭奸污的感觉。她觉得这样的感觉真是好极了。小史想到这件事的始末，觉得阿兰简直是有病了。阿兰的书、阿兰在那一夜里对他讲到的一切，还有阿兰对他的爱情，这三件事混在一起，好像一个万花筒。而这件事在阿兰那里就变得很清楚。这就是在阿兰写到这段文字之前，他想到了自己在那一夜坐在派出所里，看着小史狰狞的面孔，感受了他对他的轻蔑。这些感觉就幻化成了那个女贼在树林里惨遭蹂躏，她白衣如雪，躺在一堆残雪之上。这个女贼就是阿兰。虽然如此，假如不把阿兰对小史的爱考虑在内，这个场面还是脉络不清。

十三

阿兰说，有些事情当时虽然想到了，但是不能写在这本书里。他坐在床垫上，回味着自己的书。这本书并不完整——书不能是完整的想象，想象也不能是完整的书。其实，阿兰的想象还包括了那个衙役的性器，坚硬如铁，残忍如铁，寒冷也如铁，正向他（她）的体内穿刺过来。这是刑讯，也是性。但是，这个想象就在他的书里失去了。阿兰想到，也许他还要写另外一本书，直言不讳地谈到这些感觉。阿兰说，这本书当然产生于他对小史的爱情，甚至可以说，完全产生于他和小史在派出所里度过的漫长的一夜，虽然已经失去了很多，但还是原来的样子，只要想到这本书，就能把那一夜全部收拢在胸。而把那一夜完全收拢在胸的同时，他就勃起如坚铁。阿兰把毛巾被撩起了一点，看看自己的那个东西，又把它盖上。这东西好像是爱情的晴雨表。阿兰觉得它并不是很必要，因为他是这样的柔顺，供污辱，供摧残；而那个张牙舞爪的器官，和他很不合拍。

阿兰的中学时代就要结束的时候，公共汽车被逮走了，送去劳教，当时的情景他远远地看到了。她用盆套提了脸盆和其他的一堆东西，走到警察同志面前，放下那些东西，然后很仔细地逐个把手腕送给了一副手铐。这个情景看起来好像在市场上做个交易一样。然后，她抬起并在一起的两只手，拢了一下头发，拿起放在地上的东西，和他们走了。这个情景让阿兰不胜羡慕——在这个平静的表面发生的一切，使阿兰感同身受，心花怒放。

十四

在阿兰的书里，还有这样的一段：那位衙役用锁链扣住了女贼的脖子，锁住了她的双手，就这样拉着她走，远离了闹市，走到了河岸上。此时正是冬去春来的时候，所以，河就是一片光秃秃的河床，河堤上是成行的柳树，树条嫩黄，在河堤下面背阴的地方，还有残雪和冰凌。这个景象使女贼感到铁链格外的凉。这个女贼不知道衙役要把她带到哪里去，只是跟着走。

实际情况却是大不相同：公共汽车那一行人走到学校门口，围上了很多的学生。他们就在人群里走去，她双手提着自己的东西，那些东西显得很沉重，所以她在绕着走——除了走路之外，她想不到别的了。后来，当她钻进警车时，才有机会回头环顾了一下，看到了人群里的阿兰。因为看到了他，她微笑了一下，弹动几根手指，作为告别。

阿兰说，他觉得公共汽车是因为她的美丽、温婉和顺从才被逮走的。因此，在他的心目里，被逮走就成了美丽、温婉和顺从的同义语。当然，小史逮他，不是因为他有这些品行，而是因为传闻他手上有电，吃过双棒，等等。但阿兰愿意这样来理解。也就是说，他愿意相信自己是因为美丽、温婉和顺从被小史逮了起来；虽然他自己也知道，这未必对。

十五

阿兰说，公共汽车对自己会被逮走这一点早有预感。她对阿兰说过，我现在贱得很，早晚要被人逮走。而后来阿兰感觉自己也很贱，这是中学毕业以后。

阿兰到农场去了（也不一定是农场，可以是其他性质的工作，但这个工作不在城里面）。他这个人落落寡欢的不爱理人，这种气质反而被领导看上了，上级以为他很老实，就让他当了司务长，给大伙办伙食，因此就常去粮库买粮食。以后，他在粮库遇上了邻队的司务长。那个人也显得郁郁寡欢，不爱理人。出于一种幼稚的想象，阿兰就去和他攀谈，爱上了他。这个故事发展得很快，过不了多久，在一个节日的晚上，阿兰在邻队的一间房子里，和这位司务长做起爱来。做了一半,准确地说,做完了阿兰对他的那一半,还没有做他对阿兰的那一半,忽然就跳出一伙人来,把阿兰臭揍了一顿,搜走了他的钱,就把他撵出队去。然后他在郊区的马路上走了一夜,数着路边上被刷白了的树干,这些树干在黑暗里分外显眼。像一切吃了亏的年轻人一样,他想着要报复,而事实上,他绝无报复的可能性。谁也不会为他出头,除非乐意承认他自己是个同性恋。到天明时他走进了城,在别人看他的眼神中(阿兰当时相当狼狈),发现了自己是多么的贱,他甚至觉得,自己是世界上最贱的人了。从那时开始,他才把自己认同于公共汽车。

十六

阿兰说道:初到这个公园时,每天晚上华灯初上的时节,他都感觉有很多身材颀长的女人,穿着拖地的黑色长裙,在灯光下走动,他也该是其中的一个,而到了午夜时分,他就开始渴望肉体接触,仿佛现在没有就会太晚了。夜幕降临,华灯初上,使他感觉受到催促,急于为别人所爱。小史皱眉道:你扯这些干什么,还是说说你自己的事吧。阿兰因此微笑起来,因为这是要他坦白自己的爱情。一种爱情假如全无理由的话,就会受惩罚;假如有理由的话，也许会被原谅；这是派出所里的逻辑。公园里却不是这样，那里所有的爱情都没有理由，而且总是被原谅，因而也就不称其为爱情。这正是阿兰绝望的原因。他开始讲起这些事，比方说，在公园里追随一个人，经过长久的盯梢之后，到未完工的楼房或高层建筑的顶楼上去做爱，或者在公共浴池的水下，相互手淫。他说自己并不喜欢这些事，因为在这些事里，人都变成了流出精液的自来水龙头了。然而小史却以为阿兰是喜欢这些事，否则为什么要讲出来。作为一个警察，他以为人们不会主动地对他说什么，假如是主动地说，那就必有特别的用意。总之，他表情严肃，说道：你丫严肃一点！并且反问道：你以为我也是个自来水管子吗？阿兰没有回答，这个问题就这样被岔开了去。他只是简单地说，爱情应当受惩罚，全无惩罚，就不是爱情了。

十七

小史对阿兰做出了这样的论断：你丫就是贱。没有想到，阿兰对这样的评价也泰然处之。他说，有一个女孩子就这样告诉他：贱是天生的。这个女孩就是公共汽车。在公共汽车家里，阿兰和她坐在一个小圆桌前嗑瓜子。她说：我这个人生来就最贱不过。这大概是因为她没有搞过破鞋就被人称做是破鞋，没有干过坏事就被人送上台去斗争,等等。后来她说,来看看我到底有多贱吧,然后她就把衣服全部脱去,坐下来低着头继续嗑瓜子,头发溜到她嘴里去,她甩甩头,把发丝弄出来,然后她看到阿兰没有往她身上看,就说:你看吧,没关系。于是阿兰就抬起头来看,面红耳赤。但她平静如初,把一粒瓜子皮喷走了以后,又说:摸摸吧。阿兰把颤抖的手伸了出去,选择了她的乳房。当指尖触及她的皮肤时,阿兰像触电一样颤了一下,但是她似乎毫无感觉。后来,她把手臂放在桌面上,把头发披散在肩头,把自己的身体和阿兰触摸她的手都隐藏在桌下,平静地说,你觉得怎么样啊。忽然,她看到一只苍蝇飞过,就抓起手边的苍蝇拍,起身去打苍蝇。此时,公共汽车似乎一点都不贱,她也不像平日所见的那个人。因为她有一个颀长而白亮的身躯,乳房和小腹的隆起也饶有兴趣。只有穿上了衣衫,把自己遮掩起来时,她才显得贱。

公共汽车对阿兰说过,每个人的贱都是天生的,永远不可改变。你越想掩饰自己的贱,就会更贱。唯一逃脱的办法就是承认自己贱,并且设法喜欢这一点。阿兰小的时候,坐在水泥地面上玩积木时,常常不自觉地摸索自己的生殖器,这时候他母亲就会扑过来,说他在耍流氓,威胁说要把它割了去,等等。后来她又说,要叫警察叔叔来,把他带走,关到监狱里去。在劝说无效时,她就把他绑起来,让他背着手坐在水泥地上。阿兰就这样背着手坐着,感到自己正在勃起,并且兴奋异常。他一直在等待警察叔叔来,把他带到监狱里。从那时开始,一个戴大檐帽,腰里挂着手铐的警察叔叔,就是他真正的梦中情人了。一个这样的警察叔叔就坐在他面前,不过,小史比他小了十岁左右。他承认自己贱,就是指这一点而言。

阿兰想到公共汽车在自己面前裸露出身体的情形,想到她像缎子一样细密的皮肤,就想说,这一切也该属于小史。他想把自己的一切都奉献出来——但是他没有说。首先,公共汽车已经没有了十七岁的身躯;其次,这种奉献也太过惊世骇俗。于是,这个念头就如一缕青烟,在他脑海里飘散了。

阿兰说,刚从农场回来时,他曾想戒掉同性恋,也就是说,不要这样贱。所以他就到医院里去看。那里有个穿白大褂的大夫,坐在桌边用手拔鼻毛,并且给他两沓画片,一沓是男性的,另一沓是女性的;又给了他两杯白色的液体,一杯是牛奶,另一杯是催吐剂,让他看女人的画面时喝一口牛奶,看男人的画片时喝一口催吐剂,就离去了。阿兰就开始呕吐起来。但是这里的环境和他正在做的事使他感到自己更贱了。

阿兰浏览了整套画片,那些画片制作粗劣,人物粗俗,使他十分反感。他并不是特别讨厌女性,他也不是特别喜欢男性。他只是讨厌丑恶的东西,喜欢美丽的东西。后来,阿兰放下了画片,坐在水池边,把那一杯催吐剂一口一口地喝了下去。他呕吐的时候,尽量做到姿势优雅(照着水池上的镜子)。他甚至喜欢起呕吐来了。

小史对阿兰说,没见过像你这样的——这就是说,没有人承认自己贱。所以,这就叫真贱。在大发宏论的同时,他没有注意到阿兰容光焕发,并且朝他抛过了一个媚眼,也就是说,小史没有注意到,阿兰爱他。他只注意到了表面的东西:在这间屋子里,有警察和犯了事的人,有好人和贱人,有人在训人,有人在挨训;没有注意到事情的另一面。

十八

阿兰坐在派出所里,感到自己是一个白衣女人,被五花大绑,押上了一辆牛车,载到霏霏细雨里去。在这种绝望的处境中,她就爱上了车上的刽子手。刽子手庄严、凝重,毫无表情(像个傻东西),所以阿兰爱上他,本不无奸邪之意。但是在这个故事里,在这一袭白衣之下,一切奸邪、淫荡,都被遗忘了,只剩下了纯洁、楚楚可怜等等。在一袭白衣之下,她在体会她自己,并且在脖子上预感到刀锋的锐利。

阿兰谈到了自己的感觉,他常常无来由地感到委屈,想把自己交出去,交给一个人。此时他和想象中的那位白衣女贼合为一体了。那辆牛车颠簸到了山坡上,在草地上站住了,她和刽子手从车上下来,在草地上走,这好似是一场漫步,但这是一生里最后一次漫步。而刽子手把手握在了她被皮条紧绑住的手腕上，并且如影随形，这种感觉真是好极了。她被紧紧地握住，这种感觉也是好极了。她就这样被紧握着，一直到山坡上一个土坑面前才释放。这个坑很浅，而她也不喜欢一个很深的坑。这时候她投身到刽子手的怀里，并且在这一瞬间把她自己交了出去。但是阿兰没有把这个感觉写进他的书里。一本书不能把一切都容纳进去。

后来，阿兰讲的这个爱情故事是这样的：几年前，他还十分年轻，英俊异常，当时在圈里名声甚大。有一天，他和几个朋友，或者叫做仰慕者，在街上走着的时候，有一个男孩子远远地看着他，怯生生地不敢过来搭话。后来当然还是认识了，这孩子是个农村来的小学教师。他仅仅知道城里有个阿兰，就爱上了他，走到他面前，说：我爱你。并且又说，你对我做什么都成。这是一种绝对的爱情，也是一种绝望的奉献，你不可以不接受。但是这种绝望比阿兰的绝望容易理解，因为它是贫穷。阿兰到他家里去过，看到了一间满是裂缝的黄泥巴房子，一个木板床支在四个玻璃瓶子上，还有两个被贫困和劳作折磨傻了的老人。在那间破房子里，阿兰像一位雍容华贵的贵妇一样爱上了这位小学教师，并且在那张木床上，请他使用他。他觉得这种感觉真是好极了。

阿兰还想说：那个男孩穷到了家徒四壁的程度，身上却穿了一套时髦的牛仔裤，骑了一辆昂贵的赛车。他像一切乡下来的人一样要面子，但他走过来对阿兰说：我爱你，我只属于你。他让阿兰看到的不但是他漂亮的外表,还有他破破烂烂的家,他走投无路的窘态——也就是说,提示了一切线索,告诉阿兰怎样地去爱他。但是阿兰的决定完全出乎他的意外,他要像爱一位百万富翁、爱一位帝王一样爱他。所以阿兰想说:自身生而美丽是多么的好哇——就像一个神一样,可以在人间制造种种的意外。

可能,阿兰还讲过他和这个男孩之间别的事,比方说,他和他在河边上张网捕鸟,但是逮到的却是一些不值钱的老家贼。或者,他们长途贩运服装,结果是赔了钱。这些故事的结局都是一样的,在那间破泥巴房子里,阿兰摊开了身躯,要求那男孩爱他,并且把心中的绝望宣泄在他身后。那间房子里总是亮着一盏赤裸裸的灯泡,而布满了裂缝的墙上,总是爬着几只面目狰狞的大蟑螂。午夜里,雾气飘到房间里来了,在床边上,堆着那些旧书籍、旧报纸——穷困的人连一张纸条都舍不得扔——能被绝望的人爱,是最好的。但是小史对这个故事一点都不理解,他说,你丫讲的,就叫爱情了?阿兰只好把这个故事草草讲完,后来那个小学教师想让阿兰娶他妹妹,这样他们三个人就可以在一起过了。阿兰对此感到厌恶,就拒绝了。他可以爱他,但不想被拖到这种生活里去。现在再也不会有人怯生生地看着他,或者因为绝望走过来说:我爱你。年轻、漂亮、性感,有时候也是一种希望。但是这些东西阿兰已经没有了。

阿兰的样子现在看起来还是可以的。不过他已经开始化妆了,眉毛是纹过的，脸上也涂了薄薄的一层冷霜。最主要的是他的皮肤已经发暗，关节上皮肤已经开始打堆。他想拥有一个又白又亮的修长的美少年的身躯。小史以为，他这是变态，但他自己不以为是变态。这样的身躯在男性和女性都是一样的，都可以称之为美。

十九

那天晚上在派出所里，阿兰还谈到公园里有一个易装癖。这个人穿着黑裙子，戴一个黑墨镜，看起来很像一个女人，假如不看他手背上的青筋，谁也看不出他竟是一个男人。这个人就在公园里走来走去，谁也不理。他也许只想展示自己。也许别人不容易注意到他是个男人，但同性恋者马上就看出来了。阿兰对他很是同情，曾经想和他攀谈一下，但是被他拒绝了。这是因为他拒绝承认自己是男人，哪怕是承认自己是一个同性恋者。这使阿兰感到，他的绝望比自己还要深。

这个人的事小警察也知道，他拉开抽屉，里面有此人的全套作案工具。这件事是这样发生的：此人身上的曲线是布条绕出来的，除此之外，他也要上厕所。有一天，他在女厕所里解布条子，被一位女士看见。可以想见，后者发出了一阵尖叫，这个家伙就被逮住了。在派出所里，小史自告奋勇地给他解开了布条，并且兴高采烈地告诉他,你丫长痱子了。他们就这样缴获了此人的头套、连衣裙,还有很多沁满了汗水的纱布,足够缠好几个木乃伊。小史谈起这件事,依然是兴高采烈,但这使阿兰感到一点伤感,因为那一天他也在派出所外面,看到此人穿了几件破衣烂衫狼狈地离去,在涂了眼晕的眼睛里,流出了两溜黑色的泪水。这件事有顺理成章的一面,因为此人是如此的贱,如此的绝望,理应受到羞辱;但也有残忍的一面,因为这种羞辱是如此的肮脏,如此的世俗。就连杀人犯都能得到一个公判大会,一个执行的仪式。羞辱和嘲弄不是一回事。这就是说,卑贱的人也想得到尊重。

无须说,小史听到这些话大大地吃了一惊,他没有想到这些贱人也想要得到尊重,就有哭笑不得之感。因为听到了这么多闻所未闻的事,不管怎么说,阿兰好像很有学问,虽然是肮脏的学问。他也想要尊重阿兰,很客气地和阿兰重新认识,互相介绍,并且把他叫做阿兰老师。虽然这样做时不无调侃之意,但是阿兰也接受了。这是因为被叫做老师,和这种受凌辱、受摧残的气氛并不矛盾。

二十

在那本书里,阿兰写道:那位衙役用锁链把白衣女贼牵到自己家里,把她锁在房子中间的柱子上。这样,他就犯了重大的贪污罪。在这个地方,美丽的女犯是一种公共财产,必须放在光天化日之下凌辱、摧残,一直到死。他把她带回家里来,就是犯了贪污罪。而那一夜实际发生的事情是:午夜过后下了一场暴雨,空气因而变得凉爽。小史因而感到瞌睡,他打个呵欠说,可以睡一会儿了。他自己准备在办公桌上睡觉,至于阿兰,可以在墙边的椅子上歪一歪。有一件事使他犹豫再三,后来他下了决心,拿出一副手铐来,说道:阿兰老师,不好意思,这是规定。他不但是这样说,而且是真的感到不好意思。但是阿兰很平静地把右手递给了他,等到阿兰再把左手递过来时,他说:不是这样。转过身来,他把阿兰反铐起来,又扶他坐下。他铐起阿兰时,有点内疚,所以多少有点温文的表示——问他热不热,给他翻开了领子。然后他回到办公桌后坐下,看到阿兰的脸是赤红色的,带着期待的神情,没有一点想睡的意思。这就使他想要睡觉也不可能。

二十一

小史和阿兰对视,感到十分的尴尬,因为他很少单独面对一个被自己铐起来的人——他只是个顽劣少年,涉世不深。这个人他还称他为老师。此人承认自己贱,但这使他感到更加不好意思。

他觉得这件事是不妥当的，但也不能把手铐给阿兰摘下来——如果摘下手铐，说明他了解到，并且害怕阿兰的受虐倾向——在这种情况下，最好的办法就是装傻。

阿兰正在讲自己的一次恋情，这人很少到公园里来，来的时候穿一件风衣，戴着墨镜，站在公园的角落里……他是一位画家，自己住在一套公寓里，家里陈设简单，故而显得空旷。他喜欢干的事情之一，就是在家里摆上一只矮几，在几上铺上蜡染布（或者白布），摆上一两件瓷盘、瓷瓶，插上花或者摆上几个果实，然后把用皮索反绑着的阿兰推到几上伏下，干他或者用笔在他身上作画。在后一种情况下，他还要从身后给阿兰照相。更多的时候是先画完再干。阿兰觉得快门的声音冷酷而凛冽，渐渐他开始把相机和性器等量齐观。他对小史说，现在，有时他见到黑色的相机，就有下身发热的情形……他喜欢相机那种黑色无光的浑圆外形，还喜欢一切这样外形的东西。直到有一天，阿兰到画家家里去，叫了半天的门，门才开开，然后又在屋里发现了女人。画家说，你晚上再来吧。当然，阿兰再也没有去过。但是他也不很恨他。他对这件事只有一句话的说明："这件事结束了。"以后，在公园里再见到这位画家，阿兰就远远地打个招呼，或者只是远远地看着他。这就是说，他觉得自己已经被使用过了。这叫小史大为诧异，一再问他是什么意思，然后对他下了一个结论道：你丫真贱。这又使阿兰低下头去。后来他又抬起头来，说道：贱这个字眼，在英文里就是 easy。他就是这样的,招之即来,挥之即去。他为自己是如此的 easy 感到幸福。这使小史瞠目结舌,找不到话来批判他。

二十二

小史细心地用小指在书页上画了一道,取过一个小书签把它夹在书里。他合上那本书,让时光在那里停住。让他困惑的是:到此为止,他并没有爱上阿兰,也看不出有任何要爱他的迹象;而那一夜已经过去大半了。

阿兰在单位里也很贱。我们说他是个作家,这就是说,他原来在一个文化馆里工作,有时写点小稿子之类的。因为他的同性恋早就暴露了,所以他早就受到这样的对待。他每天很早就到那个文化馆里去,拖地板,打开水,刷洗厕所,以这种方式寻找自己的地位,我们可以说,是寻找最贱的地位。但他找不到自己的地位。因为"贱"就是没有地位。

阿兰还说,每次他走到外面去,也就是说,穿上了四个兜的灰色制服,提了人造革的皮包,到文化馆去上班;或者融入自行车的洪流;或者是坐在大家中间,半闭着眼睛开会时;就觉得浑浑噩噩,走投无路,因为这是掩饰自己的贱。每次上班之后,他都不能掩饰这种冲动，要到画家家里去，在那里被捆绑，被涂，被画，被使用。这种时候，他觉得自己的形象和所做的事才符合事实，也就是说，符合他与生俱来的品行。他说：因为穿这样的衣服、提这样的包、开这样的会的人有千千万万，这怎么可能不贱呢。

二十三

对于阿兰来说，最大的不幸就在于，他真的很爱公共汽车。也许我们该说他是个双性恋。公共汽车现在是他老婆，他们俩住在阿兰小时候住的那间房子里。这种现状使他处于矛盾之中，因为想爱和想被爱是矛盾的。每天他回到家里时，都会看到她衣帽整齐地站在他面前，很有礼貌地说：您回来了。在家里，公共汽车总是穿着出门的衣服：筒裙套装，长筒丝袜，化着妆。甚至坐在椅子上时，上身都挺得笔直，姿仪万方。阿兰非常无端地朝她逼过去，抓住肩头，把她往床上推。这时公共汽车会放低了声音说：能不能让我把门关上？阿兰把她推倒在床上，解开她的扣子，松掉她的乳罩，把它推上去——此时公共汽车看上去像一条被开了膛的鱼。阿兰爱抚她，和她做爱时，公共汽车用小拇指的指甲划着壁纸，若有所思。直到这件事做完，她才放下手来，问阿兰：感觉好吗？好像在问一件一般的事。此时她的神情像个处女。公共汽车对阿兰总是温婉而文静,但只对阿兰是这样。

等到阿兰离开公共汽车的身体,她已经乱糟糟的像个破烂摊。回顾做爱以前的模样,使人相信,她是供凌辱、供摧残。她悄悄地爬起来,把那些揉皱了的衣服脱掉,叠起来,然后穿上破烂衣服,仔细地卸了妆,出门去买菜。只有在要出门时,她才仔细地卸妆,穿上破烂衣服。当她服饰整齐,盛装以待之时,就是在等待性爱;当她披头散发,蓬头垢面之时,就是拒绝性爱。这一点和别人截然相反。从这一点上来看,她就像那位把内衣穿在外面的玛多娜一样的奇特。

二十四

那天下午,阿兰被小警察逮去时,因为那个城市不大,所以这件事马上就传到他太太耳朵里了。阿兰的老婆(公共汽车)在市场上买菜,有人告诉她阿兰进去了,她说了一声:"该!"然后就问进到哪里去了。一般来说,进去就是进去了,但对于同性恋者来说,可以进到正宫,也可以进后宫,正宫并不严重。这位女士问清了情况,并不着急,她回到家里做家务事。尽量保持平静的心情。她还算年轻,但显得有点憔悴;还算漂亮,但正在变丑。此人的模样就是这样。

天快黑的时候，阿兰的太太做了饭，自己吃了之后，还给阿兰留了一些，然后她就从家里出来，到楼下给女友打投币电话，所说的第一句话就是：阿兰这混球又进去了。我想，对方不知道阿兰是为什么进去的，但是知道阿兰是经常进去的，所以就把他想象成一个一般的流氓。对方问她准备怎么办，她说，要是他今晚上不回来，就让他在里面待着，要是明天不回来，就到派出所去领他——还能怎么办。我们知道，假如一位同性恋者被扣了起来，太太来接，警察是乐于把该男士交出去的，这是因为他们以为，他在太太手里会更受罪。警察做的一切，都以让他们多受些罪为原则。对方想听到的并不是这句话，我们可以听到她在耳机里劝她甩掉阿兰："干吗这么从一而终哪。"然而，阿兰的太太并不想讨论这些操作性的事，她只是痛哭流涕，并且说，她烦透了。后来，她擦掉了眼泪，对对方说，对不起，打搅你了，就挂了电话，回家去了。阿兰虽然没有看到这些，但是一切都在他的想象之中。

二十五

阿兰的书里写道：那位衙役把女贼关在一间青白色的房间里，这所房子是石块砌成的，墙壁刷得雪白，而靠墙的地面上铺着干草。这里有一种马厩的气氛，适合那些生来就贱的人所居。他把她带到墙边，让她坐下来，把她项上的锁链锁在墙上的铁环上，然后取来一副木杻。看到女贼惊恐的神色，他在她脚前俯下身来说，因为她的脚是美丽的，所以必须把它钉死在木杻里。于是，女贼把自己的脚腕放进了木头上半圆形的凹槽，让衙役用另一半盖上它，用钉子钉起来。她看着对方做这件事，心里快乐异常。

后来，那位衙役又拿来了一副木枷，告诉她说，她的脖子和手也是美的，必须把它们钉起来。于是女贼的项上就多了一副木枷。然后，那位衙役就把铁链从她脖子上取了下来，走出门去，用这副铁链把木栅栏门锁上了。等到他走了以后，这个女贼长时间地打量这所石头房子——她站了起来，像一副张开的圆规一样在室内走动。走到门口，看到外面是一个粉红色的房间。

晚上阿兰太太一个人在家，她早早地睡了。她辗转反侧，不能入睡，后来就和自己做爱。这件事做完以后，她又开始啜泣。此种情况说明，她依然爱阿兰，对阿兰所做的事情不能无动于衷。但是在阿兰的书里，没有一个地方可以让人想到阿兰的太太。他不愿意让公共汽车知道，他是爱她的。

午夜时分，外面下了一场大雨，公共汽车起来关窗户，她穿了一件白色的针织汗衫，这间房子是青白色的。阿兰后来住的房子也是这样。她把窗户关好，就躺下来睡了。公共汽车睡着时，把两手放在胸上，好像死了一样。

那天晚上下雨时，小史的太太点子在酣睡。他们的房子是粉红色的,亮着的台灯有一个粉红色的罩子。点子穿着大红色的内衣,对准双人床上小史的空位,做出一个张牙舞爪的姿势。

二十六

小史也承认,每当他看到国营商店里或者合资饭店里的漂亮小姐对同胞的傲慢之态,就想把她们抓起来,让她们蹲在派出所的大墙底下。他还说,有时候大墙下面会蹲了一些野鸡(另一个说法叫做卖淫人员),那些女孩子蹲在那里会有一种特殊困难,因为她们往往穿了很窄的裙子。在这种情况下,她们只好把大腿紧并在一起,把双手按在上面,因而姿仪万方。他认为,这个样子比坐得笔直好看。当她们被戴上手铐押走时,会把头发披散下来,遮住半边脸。这个样子也比那些小姐拨开头发、板着脸要好看。所以,在小史心目中,性对象最好看最性感的样子也是:供羞辱、供摧残。于是,他和阿兰就有了共同之点。但也有不同之点:他属于羞辱的那一面,阿兰属于被羞辱那一面;他属于摧残,阿兰属于被摧残。明白这些,使小史感到窘迫——此时,到了应该划清界限的时候了。

二十七

小史往窗外看，东边天上微微露出了白色。这使他感到松懈，就伸了个懒腰道：谢天谢地，这一夜总算是完了。他还说，从来值夜班没有这么累过。而阿兰却有了一种紧迫感。小史呵欠连天，拿了钥匙走到阿兰面前，说道：转过身来，我下班了。阿兰迟疑不动时，小史说：你喜欢戴这个东西，自己买一个去，这个是公物。阿兰侧过身来，当小史懒懒散散地给他开铐时，阿兰在他耳边低声说道：我爱你。这使小史发了一会儿愣。他听见了，不敢相信；或者自以为没听清。反正他也不想再打听。他直起腰来，说道：我看还是铐着你的好。然后走开了。但是小史面上绯红，这已经是无法掩饰的了。

二十八

阿兰对小史说，他温婉、善解人意。他从内心感觉到自己是个女人，甚至不仅于此。来到一个英俊性感的男子面前，他就感到柔情似水。就像那种长途跋涉之后，忽然出现在面前的一泓清凉的水。他也可以很美丽，因为美丽不仅是女性所专有。他特别提到了那位画家把他放倒在短几上时，那房间满是镜子，从镜子里看到了自己的后半身：紧凑的双腿，窄窄的臀部，还有从两腿之间看到的部分阴囊。他认为，说只有女性才美丽，这是一个绝大的错误。最大的美丽就是：活在世界上，供羞辱，供摧残。

在阿兰的书里，这一段是这样的：那个女贼跪在那个粉红色的房间里，一伸一屈地在擦地板。她颈上的长枷已经卸去了，手上戴着手杻，双足分得很开，钉在木头里，在她身前，有一个盛水的小木桶，她手里拿着板刷。她像尺蠖一样，向前一伸一屈。那个衙役坐在一边看着，后来，他站起身来，走到女贼的背后，撩起她的白衣，从后面使用她……而她继续在擦地板。

阿兰说到这些话时，非常的女气，而且柔媚。这使小史感到毛骨悚然。但是阿兰讲这番话时反背着手，跷着腿，就如一位淑女，这样子又有些诱人之处。所以他皱着眉头说道：你丫到底是男的还是女的。阿兰说：这不重要。当你想爱的时候，你就是男的，当你想要承受爱的时候，你就是女的。没有比这更不重要的事情了。

二十九

阿兰举出和那位不知名的小学教师的爱情作为例证。如前所述，那天夜里，在乡下的黄泥巴房子里，小学教师说了你对我做什么都成之后，阿兰就热吻他，请他平躺在床上，吻他的胸口、肘窝、颊下；爱抚他，使他平静；在不知不觉之中，把做爱的主动权归还给他了。他自己说，那天晚上，开头的时候他想要爱，但忽然感到柔情似水，就转为承受了。你既可以爱，又可以被爱，这是世界上最美好的事情。

三十

在阿兰的故事里，那个女贼擦过了地板之后，手里拿着一个盛着香草的小篮子。她继续像尺蠖一样一伸一屈，仔细地把香草撒匀，她专注于此，除此之外，好像什么都不关心。与此同时，那个衙役坐在那里监视她。阿兰暗自想到，这种监视是很重要的。假如没有这种监视，一切劳作都是没有意义的了。

而阿兰自己（此时他坐在床垫上）回想到的事和小史想到的大相径庭。那天晚上，他对小史说，他既可以爱，又可以承受爱，就温柔地低下头去说：我爱你。这就是说，他准备被小史羞辱、摧残。于是小史就把他拖了出去，放在自来水管子底下冲了一顿，然后，又把他拖了回来，放在凳子上，抽了一顿嘴巴。此时阿兰依然是被反铐着双手，心里快乐异常。等到这一切都过去之后，小史忽然惊慌地愣住了。这时，阿兰趁机去吻他的手心，并且说：美丽是招之即来的东西。这时，小史打开了他的手铐。阿兰还把自己扮成女人的相片拿给小史看,从照片上,完全看不出是阿兰。它从表面上看,只是一幅裸体女人的相片,假如你知道它的底蕴,就会更加体会到一种邪恶的美丽。小史就这样被他的邪恶所征服,因为这些缘故,阿兰才觉得那一夜分外地值得珍视。

在阿兰的书里,女贼做好了应该做的一切,就回到了她自己的房间门口。当然,也许应该叫做她的牢房门口,跪坐在地下,把手杻伸给衙役,等待卸下手杻,换上长枷。她全心全意地专注于此事,仿佛除此之外,再没有值得重视的事了。

三十一

阿兰在他的书里写道:有时候,那个衙役也把那个女贼的枷锁卸掉,从那间青白色的房子里带出来,带到粉红色的房子里,锁在一张化妆台上,然后就离去了。这时候,这个女贼就给自己化妆,仔细地描眉画目,让自己更美丽——也就是说,看起来更贱一点。

阿兰在派出所里对小警察说,在那位画家那里,他曾经多次化妆成一个女人,作为裸体模特儿,被画入油画,或者被摄入照片。他说,只要你渴望被爱,美丽是招之即来的。对他来说,做模特儿,就是被爱。除此之外,每次画家画毕,都要和他做爱。画家说,如果不做爱，作品就不完全。对画家来说，爱情是一种艺术。而阿兰却说，艺术是一种爱情。小史就记住了这句话。他抚摸着阿兰的书，觉得这本书就是爱情。他取出一张相片夹到书里，而这张相片上就是女装的阿兰。

后来，小警察拉开了抽屉，就离开了这间屋子。在那个抽屉里放着那位易装癖的全部行头，有衣裙、缠身体的布条、头套，还有他的化妆品。阿兰坐在案前，开始把自己化装成一个女人。他像在作画一样画着自己的脸，这是艺术，用他自己的话来说，艺术就是一种爱情。而爱情就是——供羞辱，供摧残。小警察回到派出所的门前，隔着门上的玻璃，看到自己的案前坐了一位绝代佳人。他被这种美丽所震撼，好久都没有推门进去。

三十二

阿兰所化装的女人穿着黑色的连衣裙。这种颜色阿兰也喜欢。等到小警察终于走进办公室里来的时候，阿兰站了起来，顾盼生姿、雍容华贵地走到他面前，稍微躬身收拾了一下裙角，就从容地跪下了。他拉开了小警察的拉锁，同时还用舌头抿了一下自己的嘴唇……小史俯身看到的景象，使他难以相信。他把自己的手臂举在半空，好像一位外科医生在手术室里……终于，他把手放下去，按住阿兰的头。与此同时，抬头向天，欲仙欲死。

此时，阿兰坐在床垫上，抿着嘴唇，撩开了毛巾被，把手伸了进去……他同样地欲仙欲死。这仅仅是因为小史曾经欲仙欲死，而他则回味到了这件事。在每次爱情里所做的一切，都有可供回味的意义。

三十三

早上，光亮首先来到那间青白色的房子里。那个女贼坐在铺草上，项上套着长枷，足上上着木柮。好像这一夜什么都没有发生一样。但是她头发凌乱，脸上还带有残妆。

在阿兰家里那个青白色的房间里，当曙光出现时，公共汽车也起床了。她着意打扮，穿上了最好的衣服，就在桌前坐下，双手放在桌子上，前面是一个闹钟。她在等时光过去，好去接阿兰。

那天早上，阿兰的太太去接他，因为是绝早，所以整个城市像是死了一样。她在街上看到阿兰迎面走来，神色疲惫，脸上有黑色的污渍。看到他以后，她就在街上站住，等他走过来。等到阿兰走到了身边，她转过身去，和他并肩走去。对于这一夜发生了什么，她没有问。后来阿兰伸手给她，她就握住他的手腕——就如在夜里握住他的性器官。能握住的东西是一种实实在在的保证，一松手，就会失去了。阿兰的太太什么都不会问，只是会在没人的地方流上一两滴眼泪，等到重新出现时，又是那么温婉顺从。但是这些对阿兰一点用都没有，阿兰是个男人，这一点并不重要，在骨子里，也是和她一样的人。从某种意义上说，他们之间的事，才是真正的同性恋。

那天夜里，阿兰曾经扮作一个女人，这一点从他脸上的残妆可以看出来。但是公共汽车没有问，回到家里之后，她只是从暖瓶里给他倒水，让他洗去脸上的污渍；然后问阿兰：吃不吃饭。阿兰说：要吃一点。但是他吃的不止一点，他很饿。然后，公共汽车说：你睡一会儿吧，我去买菜。但就在这时，阿兰拉住了她的手。这是一种表示。公共汽车禁不住叫了起来："你干吗？你要干吗？"带一点惊恐之意。阿兰虽然低着头，但可以看到他的表情，他虽然羞愧，但也有点没皮没脸。一言以蔽之，阿兰像个儿奸母的小坏蛋。看清了这一点之后，公共汽车就叹了一口气，说道：好吧。她走到床边去，面朝着墙，开始脱衣服。后来，她在床上，身上盖着被单，用手背遮着眼睛。阿兰走过来，撩起了被单，开始猛烈地干她。对于这件事，我们可以解释说，在这一夜里，阿兰并没有发泄过，他只是被发泄，当然，这是只就体液而言。在阿兰势如奔马的时候，公共汽车哭了，并且一再说：你不爱我。但是等阿兰干完了时，公共汽车也哭完了，伸手拿了手绢来擦脸，表情平静。这时阿兰在她身边躺下，说道：我是想要爱你的。至于公共汽车对此满不满意,我们就不知道了。

三十四

　　光亮来到那间粉红色的房子里时,那个衙役在酣睡,他赤身裸体,在铺上睡成个大字形……点子也在熟睡。她的样子和衙役大不相同——她在双人床上睡成了一条斜道,并且把脸淹没在了枕头里。

　　与此同时,小史走到了窗前,从窗子里往外看。在他面前的是空无一人的公园,阿兰早就消失在晨雾中了。他觉得,阿兰把选择权交到他手里了。他可以回味这一夜,也可不回味;他可以招阿兰回来,也可以不这样做。这件事的意义就在于,使他明白了自己也是个同性恋者。

三十五

　　小史和阿兰在一起时,还是觉得他贱,甚至在做爱完毕时,也是这样。他们总是在防空洞一类的地方干这种事,那里有焦烂垫子,点着蜡烛。那件事干完了之后,他总是有意无意地说一句:

你丫真贱。而阿兰则总是不接这个茬,只是说:抱抱你,可以吗?于是,小史懒洋洋地翻过身去,把脊背对着他,恩赐式地说:抱吧。这件事说明,当时小史并没有爱上阿兰,爱上他是以后的事了。

小史又打开了那本书。那个故事是这么结束的:有一天,那个女贼早上醒来的时候,走到那木栅门前往外看,那间粉红色的房间里空无一人,连那条锁住门的铁链都不见了。她用木枷的顶端去触那扇门,门就开了。然后,她就走进了那个粉红色的房子里,缓缓地绕过绢制的屏风,后面是那张床——床上空无一人,只剩下了粗糙的木板。东歪西倒的家具似乎说明,主人再也不会回来了。她缓慢地移到了门口,用长枷的棱角拨开了门,不胜惊讶地发现,这座房子居然是在一个果园里。此时正值阳春三月,满园都是茂盛的花朵。

后来,阿兰离开了本市,迁到别处去了。当时,小史到车站去送他。在火车站上出现了令人发窘的场面,在这两个女人的监视下,两个男人都不尴不尬。小警察管公共汽车叫嫂子,面红耳赤,而公共汽车的目光有如寒冰;但等她看到点子的时候,目光就温暖了。这一对女人马上就走到了一起,而小警察和阿兰走到了一起,其状有如两对同性恋在交谈。但是,小史和阿兰实质上是在女人的押解之下。

在火车就要开走时,小史感到了一种无名的冲动,他开始从骨头里往外爱阿兰。在两个女人的注视下,他总禁不住伸出手来,要触摸他。在这时做这样的事,显然是不可以的。越是不可以的事,越想要去做,这种事情人人都遇到过吧——他就是在这时爱上了阿兰。这就是说,他不但承认了自己也是个同性恋者,并且承认了自己和阿兰一样的贱。

三十六

阿兰现在生活在一个灯红酒绿的地方,从他住的房间往下看,就是一条大街。他在房间里走动时,在腰上缠上了白色的布,看上去像个甘地。这个甘地和真甘地不同的地方,在于他的嘴唇,湿润而艳丽,好像用了化妆品。在他床头的矮柜上,放了一个镜框,里面有小史的相片。时至今日,他还像小史爱他一样地爱着他。不过,如今他一看到这张相片,就想到小史是如何的风风火火,尤其是在做爱之前。你必须告诉他:把上衣脱了吧。他才会想起要脱上衣;你还要说:把手表摘了吧,划人。他才会摘掉手表。这种时候,小史是个对眼。这种脸相,大概连他太太都没有见过。现在他对着小史的相片,想到这些事情,可以发出会心的微笑,但是在当时却不能——因为他正忙于承受小史的爱。所以,阿兰以为,爱情最美好之处,是它可以永远回味。现在他在回味这些的时候,并不觉得自己是贱的。

晚上，阿兰坐在床垫上，听到了门外的脚步声，又听到钥匙在门里转动。他赶紧把小史的照片收藏起来，自己躺到床垫上闭上眼睛。然后，公共汽车走了进来。她踢掉了高跟鞋，走到卫生间里。然后，她穿着白色的睡袍走了出来，在阿兰的身边悄悄地躺了下来，用手背和手指拂动他们之间的被单，仿佛要划定一个无形的界限。她还是那么温文、顺从，但是谁也不知道，她还是不是继续爱着阿兰。因此，这间房子像一座古墓一样了。

三十七

后来，那个女贼又回到了衙役当初捕获她的地方——高高的宫墙下，披挂着她的全部枷锁，在那里徘徊，注意着每个行人。而小警察也在公园里徘徊着，有时走近成帮打伙的同性恋者。但是，他没有勇气和他们攀谈。在他心目里，阿兰仍是不可替代的。在我们的社会里，同性恋者就如大海里的冰山，有时遇上，有时分手，完全不能自主。从这个意义上看，小史只是个刚刚开始漂流的冰山。生为冰山，就该淡淡地爱海流、爱风，并且在偶然接触时，全心全意地爱另一块冰山。但是这些小史还不能适应。

小史合上了阿兰写的书。

小史开始体验自己的贱：他环顾这间黑洞洞的屋子。白天，在这间房子里，没有一个人肯和他面对面地说话。除此之外，喝水的杯子最能说明问题。派出所里有一大批瓷杯子，本来是大家随便拿着喝的，现在他喝水的杯子被人挑了出来。假如有人发善心给大家去刷杯子的话，他用的杯子必然会被单独挑出来；而假如是他发善心去刷杯子的话，那些杯子必然会被别人另刷一遍。这些情况提醒他，他已经是这间房子里最贱的人了。

三十八

天已经很晚了，另一个警察从外面进来，说：还没走啊。小史告诉他说，他值夜班。对方则说：所长说了，以后不让你值夜班了。小史说：为什么？对方说：你别问为什么了。不值夜班还不好吗？说着用椅子开始拼一张床。小史说：干吗不让我值夜班哪。对方说：你老婆和所长说的（这就是说，告诉单位了）。他还说：两口子在一个派出所多好啊，女的不值夜班，男的也不值夜班。说话之间，床已经搭到半成。那个警察走到小史面前说：劳你驾，把椅子给我用用。说着把他臀下的椅子也抽走了。小史立着说道：怎么也不跟我说一声。那个警察答道：不知道。少顷又说：还用和你说吗。后来他（这位警察因为值了额外的夜班,有点不快）说：别不落忍。反正你就要调走了。同事一场，替你值几宿也没啥。小史听了又是一惊说：我去哪儿？那个警察说：不知道。反正这公园派出所对你不适合。听说想派你去劳改农场，让你管男队，你老婆不答应，可也不能让你去管女队啊。算了，不瞎扯。我什么都不知道。从这些话里，我们知道了同性恋者为什么不堪信任：既不能把他们当男人来用，又不能把他们当女人来用——或者，既不能用他们管男人，也不能用他们管女人。

　　小史把阿兰的书锁进了抽屉，走了出去，走到公园门口站住了。他不知道该到哪里去。他不想回家，但是不回家也没处可去。眼前是茫茫的黑夜。曾经笼罩住阿兰的绝望，也笼罩到了他的身上。

东宫·西宫

《东宫·西宫》电影文学剧本

1 小史家房间——内——日

小史拉开抽屉,里面放的东西之中,有一把剪子。起初,他想把信封扔进去,但是又改变了主意,把剪子拿了出来。在剪开信封之前,小史回头看了看空空的房间。然后操剪刀剪开信封,里边是一本紫色的书。他摩挲着书的封面,叉开手指,手微屈,用指尖轻触扉页上赫然写着的:献给我的爱人。

他又把书合上,放进抽屉,上了锁,然后站起身来在室内缓缓地走动。

他突然停下,他的耳边响起了悠长的无歌词的昆曲之音。

2 公园——外——傍晚

昆曲继续在回荡着。

深秋的一个细雨蒙蒙的傍晚。这里有湖有山,还有一段城墙作围墙。三三两两的人散布在城墙下、城墙附近的绿地及假山上。这些人站在小雨里,打着伞,穿着雨衣,或干脆冒着雨。他们小声交谈着,雨水浸湿了他们的鞋,打湿他们的衣服,雨水顺着他们的头发流到脸颊上。我们看不到他们的面孔,听不清他们的谈话。已是傍晚时分,高大的城墙爬满了深绿色的叶子,厚厚的,湿漉漉的。

阿兰在阴雨中出现。

阿兰的画外音(很低沉):"我们这里有很多雨,烟雨蒙蒙,冷冰冰的。所以,我的身体总被水汽包围。到处都是这种软绵绵、弥散着的水。这世界上如果还有雨以外的东西,就是我了……仿佛在天地之间,我是唯一的肉体。有时候,我真想融化在雨里。"

3　同上,但天色更黑。场上的人也挨得更近。

小史穿着警服出现,走向派出所。

小史的画外音:"我们这个公园。老有一些男的在这儿腻歪。这些孙子有毛病。我们也不想管他们的事,但是不管又不成。"

4　公园树林里——外——夜

突然,传来一阵嘈杂声,几个手电筒的光柱在不远处不断闪动。只听见几个人在高喊:"都别跑了!站住!"听到的更多的是许多人在泥地里的乱跑声,以及挨打时发出的痛苦声音。顿时,树林中,一片慌乱，可是没人喊叫。有的人动作麻利，夺路就逃，在逃走的人中间，阿兰从容不迫地走着。高大英俊的警察小史和两个联防队员手中拿着手电筒冲了过来。

5　城墙边——外——夜

警察小史："手扶在墙上，站成一排！不许乱动！"挨个地拧脑袋用手电照，看是谁。

阿兰非常的顺从，又带有几分潇洒。他面朝墙站着，头也不回，仿佛对身后的事漠不关心——其他人都禁不住要回头的。

然后警察小史伸手把阿兰的脸掰转过来，阿兰表情平静。

小史旁白："那天晚上我逮住他时，他就是这样的满不在乎。假如不是看他眼熟，我会以为逮错人了呢。"

6　公园的树丛里——外——夜

警察小史一只手打着手电，一只手抓住阿兰的胳膊，推着他往前走。阿兰顺从，很自然地半倚着小史。走着走着，就像对一个老朋友一样，把手放在小史背上，很狎熟、很随意地抚摸小史，一直摸到屁股上。小史震惊而不适，但很奇怪，他一直没有发作打阿兰，一直是想发作又发作不了的样子。后来，他放开了阿兰，自己朝前走。片刻后回头，阿兰站在原地，似在目送他。又过了片刻，小史下了决心，转过身来，想要去逮住阿兰，但是阿兰在从容地走开。现在似乎没有理由再去逮他了。

小史旁白:"那天晚上,我真不知自己是怎么了。"

7　公园里的林荫道——外——日

小史的画外音:"我该打丫的一顿。我知道,这孙子是个作家,叫阿兰。他老上这儿来。听说他很贱。好哇,犯贱犯到我身上来了……没关系,跑得了初一,跑不了十五。早晚我还会逮着他。"

阿兰长时间地坐在林荫道边的长椅上,表情慵懒,把右手放在长椅上,轻轻地摩挲着长椅的板条(手好像做着下意识的动作),看着过往的行人。这时他有三十多岁了,但仍然很漂亮,他的脸似乎还化了一些淡妆。东张西望的样子很突出。

8　路旁树荫下——外——日

一个搔首弄姿、步态蹒跚的人走过,阿兰久久地盯住,直到看不见时为止。

阿兰看到一个长得漂亮的人,他站起来盯梢,在公园里转了好几圈,被盯的人也时时停下来看他是不是跟着。这一切就像特务接头一样,双方都很谨慎。直到那个人站下来和他攀谈。

阿兰的画外音:"我每天都出来,最近也这样。这个朋友告诉我说,不要出来,正抓得厉害。"虽然如此,他也出来了。

阿兰很是懒散,但对方则免不了东张西望。

两人勾肩搭背,并肩行去。

9　公园里的厕所——内——日

阿兰(画外,懒洋洋):"下午我回家时差点出了事。"

马路边上的这个厕所又小又脏。阿兰进去之前,看到了墙上新刷的标语,坚决打击厕所里的各种流氓活动。里面墙上有同性恋的"宣传画"。有个男人站在小便池前,正在摆弄自己的那个东西。阿兰站到他边上,侧着头看。看了一会儿,觉得不对,就离去了。

10　公园里的厕所——外——日

阿兰走到厕所外面,走向自己的自行车。

那人追了出来,喝道:"站住!"

走到阿兰前面,把卷起的袖子往下一放,里面有个红袖标,然后就把自行车的车把按住。

阿兰:"什么事?"

那人:"你干什么了自己知道!"

盘问的场面,阿兰从容不迫,说话慢条斯理,对方无计可施。那人时时做个捻钞票的手势,但阿兰视而不见。周围逐渐聚起了围观的人。

阿兰(画外):"他问我看他干什么,我说我没看他,还问他干什么了,怕我看到。他说我有流氓活动,我问他什么是流氓活动,还说,也不知谁在搞流氓活动。后来他把人群撑开,放我走了。分手时他小声对我说:'哥们儿,你丫真是舍命不舍财呀。'"

11　公园里的厕所——内——傍晚

阿兰(画外):"傍晚时,又有一次很危险。"

这一次阿兰在一个很干净的厕所里。灯光如昼。

阿兰(画外):"平常,这里的人很多,今天一个都没有,大概是因为抓得厉害吧。"

阿兰小便,进来一个警察,仔细地打量他。阿兰想往外走,被警察叫住了。

阿兰(画外):"他把我问了一溜够,家住哪里,上班在哪里,为什么上这儿来。"

最后,警察问道:"外面那辆车是你的吗?"

阿兰:"是。"

警察:"带执照了吗?"

阿兰:"带了。"

阿兰掏自行车执照给他看。警察看了一眼,还给他。说:"我就问你这个。"

阿兰(画外):"总是这样,我都有点烦了。这个借口不好——有在厕所里查自行车执照的吗?"

12　公园里的假山——外——夜

阿兰(画外,微微有一点兴奋):"就如落叶归根,我终于进去了。那天晚上公园里大抄。"

晚上在公园里,在一团漆黑中,警察悄悄地走来,忽然电光一闪,照到了正在缠绵的野鸳鸯。手电光死死盯住了女方,照着她低着头整理衣裙,然后朝光柱走来。但是光柱又晃到了别处。今天夜里警察不抓野鸳鸯。

阿兰和朋友待在假山后面的石凳上。

阿兰（画外）:"这个地方平常查不到,但是那天不一样了。"

手电光一闪,照到阿兰正坐在一个男人身上。他站起来,低着头朝光柱走来。

警察小史假装诧异地说:"嘿! 林子大了,什么鸟都有啊! 和我们走一趟吧。"

小史一把抓住了阿兰的手。原来被坐着的那个男人趁机逃掉了。

小史押着他去派出所,把他推得远远的,似乎提防着他伸手。

小史:"你是不是老上这儿来？"

阿兰不语。

小史:"你外号是不是叫阿兰？"

阿兰又不语。但继续从容自若。

小史加重语气:"前几天的晚上,咱们是不是在这儿见过一面？"

阿兰不语，但面带微笑。

小史有点恼羞成怒，小声嘀咕："你丫还笑！有你哭的时候！"

13　派出所——内——夜

小史把阿兰推到墙边，压他蹲下，说：

"老实蹲着啊。"

自己走到桌子后面坐下，把警棍放到了桌上，然后看报纸。

14　派出所——内——夜

阿兰蹲不住，坐在了地上。

警察小史头也不抬地说："我没让你坐着。"

阿兰又蹲了起来。过一会儿，又想直直腰。

小史："也没叫你站着啊。"

阿兰又蹲下。

15　派出所——内——夜

警察小史放下报纸，给自己泡方便面，打量阿兰。

警察小史一边吃面，一边对阿兰说："我找你好几天了。你躲哪儿去了？"

阿兰不语。

警察小史吃完了面条，给自己泡了一杯茶，然后伸了一个懒腰，这才看了阿兰一眼。

警察小史："你知道我找你干啥？"

阿兰呆着不答。

警察小史："嘿！我和你说话呢！"

阿兰答道："不知道。"

小史："不知道什么？"

阿兰："不知道您为什么找我。"

小史笑，摇头："不知道？好。"他又看报。

阿兰蹲不住，又要坐下。小史咳嗽一声。阿兰又蹲起。

小史："对。让干吗再干吗。"

16 派出所——内——夜

亮着灯。似乎过了不少时候。阿兰低着头，弓着腰，看自己的膝盖。因为很累，所以相当狼狈：腰弯得后襟缩上去，脊梁露了出来。

小史收起报纸。"现在知道了没有？"

阿兰抬头看小史，摇摇头。

小史摇头，轻笑，轻轻说："好，等你知道咱们再说。蹲着慢慢想吧。"

他把腿跷上桌子，瞪了阿兰一眼："看我干吗？"

阿兰又低下头去。

17　同上

小史展开报纸,继续看报,似乎漫不经心地问:"想好了吗?"

少顷又加一句:"你要愿意蹲一夜,就蹲一夜。反正我值班。"

在开始回答之前,阿兰看小史。小史很帅。

阿兰舔舔嘴唇:"我是同性恋。"

小史把目光从报纸上移开,看阿兰。

然后停了一会儿。

阿兰的画外音,平缓而从容不迫:"我告诉他说,我是同性恋者,常在公园里接头。"

18　公园外的小巷——外——日

阿兰尾随一男子行去。走向一所未完工的楼房。

阿兰的画外音:"我有很多朋友,叫做大洋马、业余华侨、小百合等等。名字无关紧要,反正不是真的。我们在公园里相识,到外面的僻静角落里做爱……"

小史咳嗽。

19　派出所——内——夜

小史:"我没问你这个。"

阿兰停了一会儿,又说:"我到医院里看过。"

阿兰（幽幽地）："我试过行为疗法……还有一种药，服下去可以抑制性欲。不过，都没什么效果。再说，也不是我自己想去看，是别人送我去的。"

小史加重了口气："我也没问你这个。"

阿兰（低沉）："我结了婚，我知道这是不好的。对不起太太。（声音低至不清）……再说，在圈子里，人家知道了我结过婚，也看不起我……"

小史近乎恼怒："我没问你这个！"

阿兰不解地抬起头来。

小史："我问你有什么毛病！"

静场。阿兰把手贴在自己脸上，喃喃自语似的："我的毛病很多……"

小史厉声喝道："你丫贱！你丫欠揍！知道吗？"

阿兰低下头去。

过了一会儿他抬起头来，脸上是既屈辱又宽慰的样子，说道："是。知道了。我从小就是这样的。"

但语调低沉，甚至哽噎了一下。

20　很久以前，阿兰小时候住过的房子——外——日

阿兰（起初平缓，无感情）："小时候，我家在一个工厂宿舍区。三层楼的砖楼房，背面有砖砌的走廊。走廊上堆满了乱七八糟的

东西。楼与楼之间搭满了伤风败俗的油毡棚子。"

顺着乱糟糟的走廊前进,进到一间房子里。打蜡的水泥地板,一台缝纫机。角落里有一堆积木。当转向积木时,响起了脚踏缝纫机的声音。

"我坐在地上玩积木,我母亲在我身边摇缝纫机。我们家里穷,她给别人做衣服来贴补家用。"

21　派出所——内——夜

灯下,警察小史收起报纸,对阿兰说:"好了,你可以起来了。"

阿兰站起来,艰难地走动。但依旧从容不迫。到桌前的圆凳上坐下,又疑虑地站了起来。

警察小史:"坐下吧。"

22　很久以前,阿兰小时候住过的房子——内——日

阿兰的声音:"除了缝纫机的声音,这房子里只能听到柜子上一架旧座钟走动的声音。每隔一段时间,我就停下手来,呆呆地看着钟面,等着它敲响。我从来没问过,钟为什么要响,钟响又意味着什么。我只记下了钟的样子和钟面上的罗马字。我还记得那水泥地面上打了蜡,擦得一尘不染。我老是坐在上面,也不觉得它冷。这个景象在我心里,就如刷在衣服上的油漆,混在肉里的沙子一样,也许要等到我死后,才能分离出去。"

钟鸣声。

"自鸣钟响了，母亲招手叫我过去。那时，我已经很高了。母亲用一只手把我揽在怀里，解开衣襟给我喂奶，我站在地上，嘴里叼着奶头，她把手从我脑后拿开，去摇缝纫机。这个样子当然非常的难看。母亲的奶是一种滑腻的液体，顺着牙齿之间一个柔软、模糊不清的塞子，变成一两道温热的细线，刺着嗓子，慢慢地灌进我肚子里。"

打了蜡的水泥地面，陈旧的积木。阿兰的声音渐渐带有感情。

"有时候，我蓄意用牙咬住她，让她感到疼痛，然后她就会揪我的耳朵，拧我，打我，让我放开。"

"然后，我就坐在冰冷的地面上。这地面给人冰冷、滑腻的感觉，积木也是这样。与此同时，在我的肚子里，母亲的奶冰冷、滑腻、沉重，一点都没消化，就像水泥地面一样平铺着。时间好像是停住了。"

23 派出所——内——夜

阿兰犹豫、试探地看小史。小史在听。

小史的画外音："听他说话真费劲……不过那天晚上我下了决心听他说。这不光是因为他对我动手动脚……听他们说，阿兰毛病很大。我倒要看看他有什么毛病。"

阿兰看过小史后，又重新开始了。

24 阿兰小时候住过的房子——内——日

门敞开了。外面很亮。

阿兰的画外音:"我从没想过房子外面是什么。但是有一天,走到房子外面去了。我长大了,必须去上学。我没上过小学,所以,我到学校里时,已经很大了。"

25 学校外面的路——外——日

"那座学校纪律荡然无存,一副破烂相。学校旁边是法院,很是整齐、威严,仿佛是种象征。法院的广告牌,上面打着红钩。"

布告栏。打着红钩的布告。

"上学路上,我经常在布告栏前驻足。布告上判决了各种犯人。'强奸'这两个字,使我由心底里恐惧。我知道,这是男人侵犯了女人。这是世界上最不可想象的事情。还有一个字眼叫做'奸淫',我把它和厕所墙上的淫画联系在一起——男人和女人在一起了,而且马上就会被别人发现。然后被抓住,被押走。对于这一类的事,我从来没有羞耻感,只有恐惧。随着这些恐惧,我的一生开始了……说明了这些,别的都容易解释了。"

26 学校的教室——内——日

阿兰的画外音,从平缓开始:

"我长大了。上了中学。"

教室里坐满了学生。

"班上有个女同学,因为家里没有别的人了,所以常由派出所的警察或者居委会的老太太押到班上来,坐在全班前面一个隔离的座位上。她有个外号叫公共汽车,是谁爱上谁上的意思。"

公共汽车坐在隔离的座位上。

"她长得漂亮,发育得也早。穿着白汗衫,黑布鞋。上课时,我常常久久地打量她。"

"她和我们不同,我们都是孩子,但她已经是女人了。一个女人出现在教室里,大家都吓坏了。课间休息时,教室分成了两半,男的在一边,女的在另一边。只有公共汽车留在原来的地方。"

公共汽车的体态。

"我看到她,就想到那些可怕的字眼:强奸、奸淫。与其说是她的曲线叫我心动,不如说那些字眼叫我恐慌。每天晚上入睡之前,我勃起经久不衰;恐怖也经久不衰——这件事告诉我,就像女性不见容于社会一样,男性也不见容于社会。"

"放学以后,所有的人都往外走,她还在座位上。低着头,看自己的手。"

镜头逐渐推近公共汽车。阿兰带有感情。

"这时我在门外,或者后排,偷偷地看她。逐渐地,我和她合为一体。我也能感到那些背后射来的目光,透过了那件白衬衫,冷冰冰地贴在背上……在我胸前，是那对招来羞辱、隆起的乳房……我的目光，顺着双肩的辫梢流下去，顺着衣襟，落到了膝上的小手上。那双手手心朝上放在黑裤子上，好像要接住什么。也许，是要接住没有流出来的眼泪吧。"

27　派出所——内——夜

阿兰抬头看小史。

小史的画外音："听了他这些话，我觉得他在炫耀他那点事儿，很臭美，故意把话说得让人听着费劲，显摆他是作家。我很想叫他知道知道自己是个什么东西……不过，这不用着急。"

稍顿，又加一句："不过，这孙子真的很特别。"

小史："接着谈，谈你有什么毛病。少说点废话。"

小史有点烦的样子了。

阿兰重新开始："我的第一个同性爱人，是同班的一个男同学，他很漂亮、强壮，在学校里保护我。那一次是在他家里，议论过班上的女同学——尤其是公共汽车以后，就动了手。我说，我是女的，我是公共汽车。而且我觉得，我真的就是公共汽车。"

28　男同学的家——内——日

在单人床上，两人赤裸相拥着。

阿兰："我马上就感到自己是属于他的了。我像狗一样跟着他。

他可以打我、骂我、对我做任何事——只要是他对我做的事，我都喜欢。我也喜欢他的味道——他是咸的。睡在铺草席的棕绷床上，他脊背上印上了花纹，我久久地注视这些花纹，直到它们模糊不清——我觉得在他身边总能有我待的地方，不管多么小，只要能容身，我就满足了。我可以钻到任何窄小的地方，壁柜里、箱子里。我可以蜷成一团，甚至可以折叠起来，随身携带……但是，后来他有了女朋友，对我的态度就变了。"

29 男同学家窗外——外——夜

阿兰："他家住在一座花园式的洋房里。有一天，已经黑了。我找他，站在花坛上往窗户里看。他正在灯下练大字。我看了好久，然后敲窗户。他放下笔，走到窗前，我们隔窗对视。我打手势让他开窗，他却无动于衷地摇头。他要走开时，我又敲窗户。最后他关上了灯。"

阿兰坐在窗外。颓唐地把头倚在墙上。

"我在黑夜里直坐到天明。夜很长，很慢。整整一夜，没有人经过，也没有人看到我。开头还盼他开窗户来看我一眼，后来也不盼了。他肯定睡得很熟。而我不过是放在他窗外的一件东西罢了。我真正绝望——觉得自己不存在了。忽然一下，外面的路灯都灭了。这时我想哭，也哭不出来。天快亮时起了雾，很冷，树林里忽然来了很多鸟，叽叽喳喳叫个不停。这时候我猛然想到，我是活着的！"

30　派出所——内——夜

阿兰抬头看小史，小史仔细看阿兰，面露厌恶之态，但马上又把这表情收了起来。

［建议：在小史面前，朦朦胧胧出现了一扇窗户，在他的灯影中，有一个人在外面敲窗，做手势，要求进去。然后又推、拨，想要开那扇窗户。后来他力竭，退后了半步，往里看。］

阿兰接着说下去："后来，我继续关注公共汽车。"

31　学校——内——日

空荡荡的教室。那张桌子后面坐着公共汽车。

"教室里空无一人时，我走到她面前坐下。她说，她和任何人都没搞过，只是不喜欢上学。这就是说，对于那种可怕的罪孽，她完全是清白的；但是没有人肯相信她。另一方面，她承认自己和社会上的男人有来往，于是就等于承认了自己有流氓鬼混的行径。因此就被押上台去斗争。"

公共汽车走出门去。走廊上没有人。她独自前行，带有成熟女性的风韵。

"我在梦里也常常见到这个景象，不是她，而是我，长着小小的乳房、柔弱的肩膀，被押上台去斗争，而且心花怒放。但我抑制住心中的狂喜，低头去看自己的黑布鞋。"

公共汽车的黑布鞋、白袜子。

"我还能感觉到发丝,感觉到她身上才有的香气。此时我不再恐惧。在梦里,我和公共汽车合为一体了。只有一个器官纯属多余。如果没有它,该是多么的好啊……"

32 派出所——内——夜

小史轻咳,可能是无意的。阿兰垂下头,似有些羞涩。过了一会儿,又重新开始了。

阿兰:"中学毕业了,各人有各人该去的地方。那一年我十七岁,去了农场当工人。人家觉得我老实,就让我当了司务长,管了伙食账。"

33 大通炕的集体宿舍——内——夜

空空荡荡的房子。

阿兰:"我遇到了一个人,是邻队的司务长。我们是在买粮食的时候认识的。

"我带他到我的大房子里。他和我谈到了女人。我喜欢他,就说,我就是女人。我满足了他,他却没有回报我……后来,他约我过节时到他那儿去,说过节时别人都回家了,清静。过节时,我真去他那儿了。我又满足了他。然后……灯一亮,炕下站起来几个表情蛮横的小伙子。我转向司务长,可他给了我一个大耳光。然后他们揪住我围殴，搜我的兜，把钱拿走……"

大通炕的近景。阿兰赤着身子在炕上爬。画外音渐弱。

"我背过身去，让他们揍我。那间房子不宽，但很长，大通炕也很长。那些声音就在房子里来回撞着。我几乎不能相信是在打我，好像这是别人的事……在炕里摆着一排卷起的铺盖。铺盖外面，铺着芦苇的席子，像一条路。我就顺着这条路往前爬。那些席子很光滑。有一只长腿蜘蛛从我眼前爬过……"

别人在揍阿兰。截入小史的画外音："他讲这些事时，我看他很兴奋。"

34 小史家房间——内——日

小史打开抽屉取出了阿兰的书。

小史的画外音："他写出这样的故事来，我倒是不奇怪……"

35 郊外的公路——外——夜

阿兰独自走在公路上。

阿兰（画外）："他们搜走了我的钱，把我撵走了。那是公家的钱，大家的伙食费，这些钱对我来说，是太多了。我是赔不起的啊……后来，我在黑暗里走着。偶尔有车经过，照到了半截刷白的树干。挨打的地方开始疼了，这就是说，他们真的打了我。夏天的夜里，小河边上有流萤……夜真黑啊。有车灯时，路只是灰蒙蒙的一小段，等到走进黑暗里，才知道它无穷无尽的长。出现了一块路碑，又是一块路碑。然后又是路碑。我想到过死，啊，让我死了吧。然后闭着眼睛站在路中间。后来睁开眼睛时，远远的地方，有一道车灯，照出了长长的两排树，飘浮在黑暗里。露水逐渐湿透了布鞋，脚上冷起来了。我觉得，活着的每一分、每一秒都是痛苦的。也许，我不生下来倒好些……但后来又想：假如不是现在这样，生活又有什么意思呢？"

36 小史家房间——内——日

小史在回想，说："当时我觉得他真的有病。"

他看阿兰的书。

37 梦幻

阿兰（画外，平缓地开始）："在古代的什么时候，有一位军官，或者衙役，他是什么人无关紧要，重要的是，他长得身长九尺，紫髯重瞳，具体他有多高，长得什么样子，其实也不重要，重要的是他在高高的宫墙下巡逻时，逮住了一个女贼，把锁链扣在了她脖子上。这个女人修肩丰臀，像龙女一样漂亮。他可以把她送到监狱里去，让她饱受牢狱之苦，然后被处死；也可以把锁链打开，放她走。在前一种情况下，他把她交了出去；在后一种情况下，他把她还给了她自己。实际上，还有第三种选择，他用铁链把她拉走了,这就是说,他把她据为己有。其实,这也是女贼自己的期望。"

黑衣衙役牵走女贼。

背景衬着远远地飘来无歌词的昆曲音调。

阿兰(画外):"那条闪亮的链子扣在她脖子上,冷冰冰、沉甸甸,紧贴在肉上。然后它经过了敞开的领口,垂到了腰际,又紧紧地缠在她的手腕上。经过双手以后,绷紧了。她把铁链放在指尖上,触着它,顺着铁链往前走着。但是,铁链又通到哪里呢?"

38 河边——外——日

"那位紫髯衙役用锁链牵着女贼,没有把她带回家里,而是把她带进了一片树林,把她推倒在一堆残雪上,把她强奸了。此时,在灰蒙蒙的枝头上,正在抽出一层黄色的嫩芽。这些灰蒙蒙的枝条,像是麻雀的翅膀,而那些嫩芽,就像幼鸟的嘴壳。在他们走过的堤岸下,还残留着冰凌……她躺在污雪堆上,想到衙役要杀她灭口,来掩饰这次罪行,就在撕裂、污损的白衣中伸开身体,看着灰蒙蒙的天空,想道:在此时此刻死去,这是多么好啊。而那位衙役则倚着大树站着,看着她胸前的粉红蓓蕾,和束在一起的双手,决定把她留住,让她活下去。他们远远地站着,中间隔着的,就是残酷的行径。"

39　小史家房间——内——日

小史放下阿兰的书。

小史:"阿兰也爱过女人。"

40　学校外——外——日

阿兰的画外音:"中学快毕业时,公共汽车进去了。那时她就住在学校里,所以就从学校里出来,到她该去的地方……"

公共汽车提着东西走向警车。

"她双手铐在一起,提着盆套。盆套里是洗漱用具,所以她侧着身子走,躲开那些东西,步履蹒跚。当时有很多人在看她,但是她没有注意到。她独自微笑着,低头走自己的路,好像是在回家一样。"

"在警车门前,她先把东西放下,然后,有人把她的头按下去。她很顺从地侧过了头,进到车门里,我多么爱那只按着她的大手,也爱她柔顺的头发——我被这个动人的景象惊呆了。这是多么残酷,又多么快意啊!她进了那辆车,然后又把铐在一起的手从车窗里伸了出来。那双手像玉兰花苞,被一道冰冷的铁约束着……她在向我告别。她还是注意到了有我在场。手指轻轻地弹动着,好像在我脸上摩挲。我多么想拥有这样一双手啊。"

41　派出所——内——夜

小史说（故意羞辱地）："你的手怎么了，要人家的手？让我看看你的手——伸过来！（拿着看了看，又摔下）你的手还行嘛。要别人的手干吗？"

阿兰不语。

小史用刺耳、反嘲的腔调说："讲啊，我正听得上瘾呢！"

阿兰继续不语。小史喝道："怎么了你，哑巴了？"

阿兰："后来，我开始写小说。"

小史："你不说我还差点忘了，你丫是个作家。你写些什么？"

阿兰（自顾自地）："经过了这一切，我不能不写作。但只能写一种伪造、屈辱、肉麻的生活。"

小史："知道自己肉麻，还不错嘛。"

阿兰（瞪着小史）："你错了！不是我肉麻！是我写出的东西肉麻！"

小史愣住。阿兰补充说："那些登在刊物上、报纸上的东西署着我的名字，虚假的爱情故事，男女颠倒的爱情诗……这不是我要写的东西！有朝一日，我要给自己写一本书。但是在此之前，我也要生活。不能在农场里待一辈子……"

小史："你丫真能绕——我操，听你说话真累。"

阿兰变换了话题："几年前，我遇上了一个小学教师。"

（此处也可考虑用些闪回，用画外的对话做衬托。）

小史:"女的吗?"

阿兰:"男的。"

小史(还带点火气):"好!两样都搞。这个我喜欢。"

阿兰:"那时候我在圈里已经小有名气了。有一天,我心情特别好,我和蛮子、丽丽在街上走,碰上他了。他长得很漂亮,但我见过的漂亮的人太多了。其实,一见面他就打动了我。除了那种羞涩的神情,还有那双手。"

小史:"手很小,很白吧!"

阿兰:"不,又粗又大。从小干惯了粗活的人才有这样的手。以后,不管你再怎么打扮,这双手改不了啦。"

小史:"噢。你是说,不能和你的手比。"

阿兰:"是的,但正是这双手叫我兴奋不已。后来,那个男孩鼓起勇气走到我面前问:这儿的庄主是叫阿兰吧。我爱答不理地答道:你找他干啥。他说想认识认识。我说:你认识他干啥?你就认识我好了。我比他好多了。"

小史:"是吗?谁比谁好啊?"

阿兰:"蛮子和丽丽围着男孩起哄,让他请客才肯为他介绍阿兰。在饭馆里那些菜如果不是他来点,这辈子都没人吃。"

小史:"为什么?"

阿兰:"最难吃,又是最贵的菜。"

小史:"那他一定很有钱了。"

阿兰:"没钱。他家在农村,是个小学教师。(残酷地)我们吃掉了他半年的伙食费。其实,他早就知道我是阿兰。但是他要等我亲口告诉他。"

小史:"那倒是。不过,您也得拿拿架子,不能随便就告诉他。你告诉他了吗?"

阿兰:"我告诉他了。我们到他家去,骑车走在乡间小路上,在泥泞中间蜿蜒前行。"

小史:"很抒情啊。"

阿兰:"他的家也很破烂,他父母都是老实巴交的乡下人。他的卧室里一张木板床,四个床腿支在四个玻璃瓶上。他说,这样臭虫爬不上来。这是我见过的最寒酸的景象了。"

小史:"别这样说嘛,我也在村里待过的。"

42　小学教师的家——内——夜

阿兰的画外音:"那间房子很窄,黄泥抹墙,中间悬了一个裸露的电灯泡。晚上,我趴在那张床上……"

灯光下,阿兰裸体趴着。

"春天很冷,屋里面都有雾气。那张床久无人睡,到处是浓厚的尘土味。在床的里侧,放着一块木板,板上放着一沓沓的笔记本、旧课本。你知道,农村人有敬惜字纸的老习惯。在封面破损的地方,还能看到里面的铅笔印,红墨水的批注……他在床下走动,我听到衣服沙沙的声音。还有轻轻的咳嗽声——他连喘气都不敢高声。他在观赏我呢,而我的身体,皮肤、肌肉,顺着他的目光紧张着。我在想象那双粗糙的大手放到我身上的感觉,想象那双大手顺着我两腿中间摸上来……后来,他脱掉了衣服,问我可不可以上来,声音都在打颤,但我一声都不吭……直到趴到了我身上,他才知道,我是如此的顺从。"

43 派出所——内——夜

小史厉声喝止道:"够了!你恶心不恶心?"

阿兰稍停,又低声开始:"她现在也是这样顺从我。"

小史:"谁?"

阿兰:"公共汽车。她现在是我老婆。"

44 阿兰家——内——日

在床上,只有阿兰赤裸的上半身和公共汽车的头。阿兰把手伸入她头发里,反复抚弄后,把她的头往下压。她顺从着,毫无动作。这画面给人以她只有一颗头,而没有身子的印象。

阿兰的画外音:"公共汽车也老了,脸上有了鱼尾纹。她的头发不再有光泽,但依旧柔顺。柔顺地贴在脸上,混进了嘴里。她不再清纯,不再亮丽,不再有清新的香气;但是更老练,更遇乱不惊,更从容不迫。她正在变成残花败柳……但是,我更爱她了。"

阿兰躺在床上，下半身用被单盖着。公共汽车头发凌乱，上衣的衣襟敞开，乳罩被推了上去，裙子也揉皱了，浑身乱糟糟的。她坐起来，整理上衣，走出了画面。少顷又回来，在床头的梳妆台前坐下，对镜化妆。在整个过程里，她都是从容不迫的。

45　派出所——内——夜

小史（被噎住了一会儿）："你老婆的事我们管不着。"

阿兰不语。

他愣了一会儿，很恼火，说："我操，就你这么乌七八糟，也算是个作家了？"

阿兰不语。

小史接着说，想到一句是一句："我看你写东西，也不会把这些写上。写的是仁义道德，心里是男盗女娼！"

阿兰又不语。

"除了操人挨操，你丫脑子里还有点什么？"

（阿兰在小史的羞辱中获得了动力。）

阿兰争辩道："你说得不对！"

抬头遇到了小史的目光，又低下头："也对，也不对。"

阿兰低着头说："生活里有些东西是改变不了的……每个人的生活都有个主题，这是无法改变的。"

小史："你丫的主题就是贱。"

[建议:在他面前,再次出现阿兰在窗外的镜头。]

阿兰咬了一下嘴唇,然后接着说(语气平静):

"这个公园里有一个常客,是易装癖。他总是戴一副太阳镜,假如不是看他那双青筋裸露的手,谁也看不出他是个男人。他和我们没有关系。他从来也不和我们做爱,我们也不想和他做爱。这就是说,他的主题和我们是不一样的。"

46 公园门口——外——日

易装癖从里面出来,后面跟了好几位公园的工人,手持扫帚等等,结成一团走着,显出一种撵他出去、扫地出门的架势。

阿兰的画外音:"因为要上女厕所,所以他很招人讨厌。但是要进男厕所又太过扎眼……有一天我看到他从公园里出来……"

47 派出所——内——夜

小史猛地拉开抽屉,拿出易装癖的女装、头套等等给阿兰看。但阿兰继续喃喃地说道:

"我看到他那张施了粉的脸,皮肉松弛,残妆破败,就像春天的污雪,眼晕已经融化了,黑水在脸上泛滥,一直流到嘴里。"

小史怒吼道:"够了!"

阿兰继续喃喃地说:"他从围观的人群中间走过,表情既像是哭,又像是笑;走到墙边,骑上自行车走了。而我一直在目送他。

缠在破布条里,走在裙子里,遭人唾骂的,好像不是他,是我。"

小史瞪着他,一字一顿地说:"恶心不恶心?倒胃不倒胃?你真不知道羞耻吗?"

(阿兰抬起头来和小史对视。阿兰比以前兴奋。)

稍顿,阿兰又说:

"小时候,我站着在母亲怀里吃奶。她在干活,对我的碍手碍脚已经显出了厌烦之色。最后钟响了,母亲放下活来,正色看着我。我放开,趴倒在地,爬回角落里去。缝纫机又单调地响了起来。我母亲说,你再腻歪,我叫警察把你捉了去。久而久之,我就开始纳闷,警察怎么还不来把我抓走。"

48 舞台——梦境——日

阿兰小时候坐在地上,用手把玩自己的生殖器,他母亲威胁说,要把它割去喂小狗。又说,这是耍流氓,要叫警察叔叔把他逮走。

最后,小阿兰反绑着双手坐在地上。

阿兰(画外):"等待着一个威严的警察来抓我,这是我小时候最快乐的时光。"

49 派出所——内——夜

阿兰已经勃起了。

阿兰的画外音:

"以后，我在公园里看到一个警察匆匆走过，这些故事就都结束了。他抓住了我，又放开了，所以我走了——我不能不接受他的好意，但是，我还要把自己交到他手上。"

小史骤然起立，拖着椅子（下面有轮）朝阿兰奔去，嘴里也喃喃地说道："好！这回可算是说到点子上了！"

他带着按捺不住的兴奋奔到阿兰面前，放下椅子，亮出了手铐，而对方正带着渴望的神情立起，把左手几乎是伸到了铐子里，然后又把右手交过去，但小史说："不，转过身去。"把他推转了过去，给他上了背铐。双方都很兴奋——阿兰觉得这一幕很煽情，小史则为准备揍他而兴奋，甚至没有介意阿兰的若干小动作（阿兰用脸和身体蹭了小史）。然后，小史又按他坐下，拉自己椅子坐在他对面，双手按在对方肩上，在伸手可及的距离内——但这又像是促膝谈心的态势。小史口气轻浮，有调戏、羞辱的意味，不真打。小史想要教育阿兰，但他不是个刽子手，所以只是羞辱，不是刑讯。毋庸讳言，这正是阿兰所深爱的情调。

小史："现在可以好好说说，你到底有什么毛病——我可以给你治。"

然后，拍他嘴一下（近似嘴巴），作为开始的信号："讲啊。"

阿兰深情地看小史，欲言而止（过于难以启齿）。

所以，小史又催促了一次（一个小嘴巴）：讲。

最后，阿兰说的并不是他最想说的。

（此后，可用闪回加旁白，穿插拍击声。）

阿兰："有一天，我在公园里注意到一位个子高高的、很帅的男人，他戴着墨镜，披着一件飘飘摇摇的风衣。我顺着风衣追去。转过胡同拐角，我几乎是撞到他怀里。他劈头揪着我说：你跟着我干吗。我说，我喜欢你。"

小史给他一嘴巴："这么快就喜欢上了？"

阿兰动情地看他一眼，自顾自说下去：

"他放开我，仔细打量了我半天，然后说，跟我来吧。"

"我们俩到他家去了——他住在郊外小楼里，整个一座楼就住他一个人，房里空空荡荡，咳嗽一下都有回声，走在厚厚的地毯上，坐进软软的沙发里。他说：喝点什么吗？"

小史又是一下："你傍上大款了？"

阿兰："坐在那间房子里，闭着眼睛，听着轻轻的脚步声，循着他的气味，等待着他的拥抱、爱抚。"

小史低头看看阿兰的裤子，凸起了一大块。又给他一下："在我面前要点脸，好吗？"

阿兰："突然，他松开我，打了我一个耳光，打得很重。我惊呆了……"

小史极顺手，又是一下："是这样的吗？"

阿兰扬着脸，眼睛湿润，满脸都是红晕，但直视着小史："他指着床栏杆，让我趴下。他的声调把我吓坏了。我想逃，被他抓住了。

他打我。最后，我趴在床栏上，他在我背后……我很疼，更害怕，想要挣脱。最后突然驯服了。快感像电击一样从后面通上来。假如不是这样，做爱又有什么意思呢？"

小史又一下："噢！原来你是欠揍啊。"

阿兰："穿好衣服后，他说，你可以走了。我说，我不走。他说，不走可以，有一个条件。我说，你对我做什么都可以。他说，真的吗？做什么都可以吗？……

（闪回到此完。）

阿兰微笑着继续回味：

"然后，他让我跪下，用黑布蒙上我的眼睛。第二次做爱，前胸贴在冰冷的茶几上。我听到解皮带扣的声音。皮带打在身上，一热一热的，很煽情。说实话，感觉很不错。后来，胸前一阵剧痛——他用烟头烫我。这就稍微有点过分了。"

小史："编得像真事似的！"

撕开他的衬衣，在阿兰胸膛上，伤疤历历可见。

小史（震惊）："我操！是真的呀！（稍顿）你抽什么风哪？"

阿兰："我爱他。"

小史瞠目结舌，冷场，然后小史驾椅退后，仔细打量阿兰，好像他很脏，说："你——丫——真——贱！"

阿兰（愤怒、冲动）："这不是贱！不是贱！这是爱情！（严厉地）永远不许你再对我用这个'贱'字，听清楚了没有？"

小史被阿兰的气势镇住,一时没有说出话来,然后自以为明白了,笑了起来。

小史:"得了吧,哥们儿,装得和真事儿似的。还爱情呢。"

阿兰极端痛苦的样子(因为不被理解)。

小史(推心置腹地):"他玩你是给钱的吧?"

阿兰痛苦地闭上眼睛(受辱感)。

小史(试探,口吻轻浮):"你想换换口味?玩点新鲜的?玩点花活?"

阿兰极端难受,如受电击。

小史:"难道你真的欠揍?"

阿兰不回答,表情绝望。

小史觉得头疼。忽然间他驱椅后退至桌旁,顺手闭灯,用帽檐遮面,打起盹来了。

50 小史家房间——内——日

小史拿着阿兰的书。

小史:"那天晚上,我本想要给阿兰治治病。结果病没治好,倒把我弄糊涂了。"

51 梦幻,监狱——内

女贼坐在下面的稻草上,衙役蹲在她对面。

阿兰的画外音："那位衙役把女贼关在一间青白色的牢房里，这所房子是石块砌成的，墙壁刷得雪白；而靠墙的地面上铺着干草。这里有一种马厩的气氛，适合那些生来就贱的人所居。他把她带到墙边，让她坐下来，把她项上的锁链锁在墙上的铁环上，然后取来一副木杻。看到女贼惊恐的神色，他在她脚前俯下身来说，因为她的脚是美丽的，所以必须把它钉死在木杻里。于是，女贼把自己的脚腕放进了木头上半圆形的凹陷，让衙役用另一半盖上它，用钉子钉起来。她看着对方做这件事，心里快乐异常。而那位衙役嘴里含着方头钉子，尝着铁的滋味，把钉头锤进柔软的柳木板里。"

"后来，那位衙役又拿来了一副木枷，告诉她说，她的脖子和手也是美的，必须把它们钉起来。于是女贼的项上又多了一副木枷。然后，那位衙役就把铁链从她脖子上取了下来，走出门去，用这副铁链把木栅栏门锁上了。等到他走了以后，这个女贼长时间地打量这所石头房子。她站了起来，像一副张开的圆规一样在室内走动。这样，她不仅双手被约束，双腿也是敞开的。他可以随时占有她。也就是说，她完全准备就绪了。然后，她又回到草堆上去，艰难地整理着白衣服，等着下一次强暴。"

52 梦幻，山坡——外——日

阿兰的画外音："后来，那个白衣女贼，被五花大绑，押上了一辆牛车，载到霏霏细雨里去。在这种绝望的处境之中，她就爱上了车上的刽子手。刽子手穿着黑色的皮衣,庄严、凝重,毫无表情(像个傻东西),所以爱上他,本不无奸邪之意。但是在这个故事里,在这一袭白衣之下,一切奸邪、淫荡,都被遗忘了,只剩下了纯洁、楚楚可怜等等。在一袭白衣之下,她在体会她自己,并且在脖子上预感到刀锋的锐利。"

"那辆牛车颠簸到了山坡上,在草地上站住了,她和刽子手从车上下来,在草地上走,这好似是一场漫步,但这是一生里最后一次漫步。而刽子手把手握在了她被皮条紧绑住的手腕上,并且如影随形,这种感觉真是好极了。她被紧紧地握住,这种感觉也是好极了。她就这样被紧握着,一直到山坡上一个土坑面前才释放。这个坑很浅,而她也不喜欢一个很深的坑。这时候她投身到刽子手的怀里,并且在这一瞬间把她自己交了出去。"

53 场景同49

小史(画外):"其实,这是我们心里早就有的东西。不同的只是我总是那个衙役、那个刽子手,而他总是那个女贼。还有,他把这说了出来。"

54 派出所——内——夜

外面在下雨。室外的路灯亮着,有一块灯光照在阿兰脸上。

阿兰在黑地里说:"死囚爱刽子手,女贼爱衙役,我们爱你们,难道还有别的选择吗?"

小史似乎睡着了。但这话使他微微一动。

阿兰在喃喃低语:"在这个公园里,华灯初上的时节,我总有一种幻象,仿佛有很多身材颀长的女人,身着黑色的衣裙,在草地上徘徊。我也是其中的一个。"

55 梦幻——内

黑衣女人。

阿兰的画外音:"在脚上,赤足穿着细带的皮凉鞋。脚腕上佩戴了一串粗糙的木珠。无光泽的珠子,细细的皮条,对于娇嫩的皮肤来说,异常的残酷。但这是我喜欢的唯一一种装饰。"

那木珠是多边形的。

一警服男子(面目不清)朝黑衣女人走去(她就是阿兰),把手伸入她的头发,忽然残酷地握住,把她的头压向一边。她顺从地偏着头,举起手来,整理对方的衣领。在这只手腕上,也戴着木珠。

"晚上,灯光在催促着,让我把自己交出去。如果再没有爱情,仿佛就太晚了。"

56 派出所——内——夜

雨更大了。阿兰语气强烈,想要压倒雨声:

"有关这些,你为什么不问呢?"

小史闭着眼睛,但是表情不轻松。很难相信他还睡着。

阿兰的声音又变得幽幽的了。

57 梦幻——内

在耀眼的灯光下,黑衣女人卸下手上的木珠,交给警服男人。然后被上了背铐,在对方的挟持下前行。

阿兰的画外音:"无须再说我是多么的顺从。"

58 舞台——梦——酒吧——夜

女阿兰被反铐着,坐在一个高脚凳子上,这里像个酒吧的模样,周围的人都是男人。有人用瓶子灌他酒。他用力吮吸着瓶口。

阿兰的画外音:"有关你自己,你为什么不问呢?"

倚在柜台上的警服男人。他就是小史。

阿兰的画外音:"你需要什么?难道你什么都不需要吗?"

59 派出所——内——夜

在窗外射入的灯光里,小史紧皱眉头。

阿兰(语气强烈):"我可以是仙女,也可以是荡妇,可以是男人,也可以是女人……我可以做任何事情。我可以是任何人。可以对我做任何事。但是你呢?难道你是死人吗?"

灯亮,小史猛地站起来,猛冲到阿兰面前,手里拿着钥匙。

阿兰把身子朝后倾，好像不希望小史给他打开手铐。

小史："你喜欢戴这个东西，自己买一个去，这个是公物。"

阿兰站起来，两人挨得很近，阿兰相当明显地往小史怀里倒，小史把他往外推。

他毅然给阿兰打开手铐，指着门说："哥们儿，您爱哪去哪去，我这儿不留你！"

60　同上，门口

门外雨很大，像瓢泼一样。阿兰行至门口，停住，说："你看，在下雨。"

小史犹豫很久，把目光转向别处。阿兰顺势回到屋里。

[建议：小史看雨。在模糊的雨幕上，出现了那扇玻璃窗。他打开了窗子，阿兰钻了进来。]

61　派出所——夜

阿兰走到小史身边。

小史喃喃地说："你让我问你什么？"

阿兰："我爱你。"

小史像被电了一下，跳了起来，叫道："你丫说什么呢？"

阿兰（更大声地）："我爱你。"

阿兰双手铐在一起，小史揪着领口把他拖出去，拉到水池前，用龙头冲水。然后又拖了回来，按在圆凳上，单手左右开弓扇他嘴巴。阿兰不断地呻吟，但极为亢奋。在圆凳上，他岔开了双腿，裤子里凸起很大一块。等到小史打得手累，甩起右手时，阿兰低头去吻小史拎他领子的手，并且说："我爱你。"

小史赶紧把左手也撤了回来。

小史喘着气："你有什么毛病？"

阿兰："我爱你。我的毛病就是我爱你。"

然后又暧昧地笑着说："你再打我吧。"

小史看看阿兰水淋淋的样子，又看看自己的手，不无惊恐之意地说："我打你干吗？"

阿兰："再罚我蹲墙根吧。"（欲起身。）

小史看看墙根，说："这怎么成？"

阿兰："让我到外面雨里去站着吧。"

小史看雨："那也不成。"

阿兰（着重，一字一顿地）："那么，我爱你。"

小史无奈，他颓唐地坐下了。

［建议：

小史："你是什么时候认出我来的？"

阿兰："一见面我就认出来了。不然我会说这么多吗？你呢？"

小史："刚才。（稍迟又补充）我真不想认出你来。"

阿兰伸臂拥抱小史，后者带点嫌恶的神情接受了拥抱，马上又挣脱出来，指给阿兰凳子："坐。"

然后，自己也坐下了。］

阿兰回到圆凳上，坐下，［建议：在他的面前，出现了男同学幼年时印满了草席花纹的脊背。］他举起并在一起的手，去摸小史茫然的脸，然后解开他的领口，手势极为轻柔。

62　小史家房间——内——日

小史拿着阿兰的书。

小史："那天夜里我真是筋疲力尽了。"

63　梦幻，草房里

阿兰的画外音："有一天早上，那个衙役开门时，看到女贼睡在他家的门外。他不知她是怎样从刽子手那里逃走的，但是，他再也不能摆脱对她的爱。这已经是注定的了。于是，他只好用铁链把她锁在柱子上，用木柤柳住她的双足，继续占有她。"

无歌词昆曲声起。

阿兰的画外音："晚上，特别是月圆之夜，他把她放开，享受她的一切，从双手开始。"

64　小史家房间——内——日

小史紧闭着眼睛：

"阿兰的双手是多么温柔啊。"

似乎那双手还在他的肩上。

65　派出所——内——夜

小史面红耳赤,目光矇眬,完全是同性恋面容,而且喘息不定,他忽然瞪起眼来:"你到底是男是女?"

阿兰犹豫了一会儿,终于说:"我又何止是女的呢?"

阿兰说自己是女的,声音里都带有女气。小史疑惑地看着他,忽然,带着点火气说:"你是女的,就穿女人衣服!"

猛地一拉抽屉,抽屉里全是易装癖的整套做案工具。他给阿兰打开手铐,怒气冲冲地走出去了。

66　梦幻,草房里

"此后,这位女贼就围绕着柱子生活,白天等待着他回来,他不在家里时,她就描眉画目,细致地打扮。等待着被占有,这是多么快乐啊。"

67　派出所——内——夜

阿兰在办公室里,走近那堆衣服,闻了一下,皱起鼻子来。显然,这些衣服气味不好。犹豫了一会儿,他终于拿起内衣来,套在身上,然后钻到连衣裙里去。

小史回来，踮起脚尖，从小窗口看到一个相当漂亮的女人（阿兰）坐在桌前化妆。这个场面持续了很久，小史伸手去摸自己的小命根，那地方壮大起来了。因此他勇气倍增。

小史进了门，而阿兰还在专注地化妆，大有一种女为悦己者容的意思。过了好一阵子，阿兰转过身来。小史愣住了——阿兰异常的漂亮。

阿兰风华绝代，优雅地走了过来，跪在他的面前，用脸去贴他裤子下的凸起。过了一会儿，伸手去拉他裤子中间的拉锁。

小史的上半身。开头，他像外科大夫进了手术室那样，两手端在空中，显然是不敢触及一个陌生的女人。后来手就放下去，按住阿兰的头。警察小史仰面向天，喘息，欲仙欲死的样子。忽然，他面露惊惧之色向下看去，猛烈地抽搐，节奏分明。

阿兰站起来，和警察小史接吻。警察小史开头觉得他的嘴有点不洁，躲了几下，后来终于被阿兰的魅力征服了。热吻，法国式的深吻——两人眼里都有火花。

小史终于觉得有点不对劲了，把他推开一半，说："你到底是男是女？"

阿兰（笑）："这很重要吗？"

小史愣住。

歌剧般的无歌词昆曲再次响起。

68　派出所——内——夜

阿兰穿着女装，骑跨在小史的身上，后者坐在椅子上，这样就高了他半头；用他的假乳房直逼小史的面孔。此时，头套放在了一旁，他的妆也半残，头戴小史的帽子，双手插进小史的头发，奋力搅抖着。小史衣领敞开，气喘吁吁，大声呻吟。突然，小史面露惊恐之状，看着阿兰，猛烈地震动（射精的暗示——把精液射入这个堕落分子体内，颇为恐惧）。后来，阿兰把小史的头压在自己胸前，而小史顺从地把脸贴在他的胸上。

等到这件事结束以后，小史站了起来，他彻底地无力了。阿兰也站了起来。

阿兰给萎靡的小史戴上帽子，拉上他裤子的拉锁，俯身在他胸前，为他扣扣子，极为温柔。

69　舞台——内

一根柱子上，铁链锁住的老年女贼。她坐在地上，状如雕塑。

阿兰的声音："那个女贼后来给衙役生了很多孩子，她的花容月貌终于过去，成了一个铁索套在脖子上的老婆子。此时，她的那一领白衣变成了脏污的碎片，她几乎是赤身裸体地坐在地上，浑身污垢，奶袋低垂，嘴唇像个老鲇鱼，肚皮上皮肉堆积了起来；而那些孩子就在身边嬉戏。在她手边，有一片残破的镜子。有时候，她拿起来照照自己。在震惊于自己的丑陋之余，也有如释重负之感。

因为到了此时,她已经毫无剩余,被完全地占有了。"

70 派出所——外——日

天明时分,阿兰从派出所里出来,这时公园里只有几个打太极拳的老人。阿兰的脸上还有残妆,眼晕、口红等等。这些老人诧异地看着他。他面带微笑,朝公园外面走去了。

派出所的外景。从一个窗口,小史正在往外看着。他的手无力地垂了下去。

《东宫·西宫》舞台剧本

人物说明:阿兰男主角有点两重性,既承认又不承认自己的身份。所有的陈述都从一种虚拟的口气开始;好像在讲一个故事。小史也有两重性,有时候一本正经,板着脸训人,但这个脸谱要向S/M关系里主人的方向处理;有时候也犯痞,就像个小玩闹。整个场面的设计是阿兰面向观众交待问题。小史基本在他身后,起监视、督促的作用。

序幕

幕启时,阿兰坐在舞台中央一把孤零零的椅子上。他穿着紫色的丝茄克,黑色的条绒裤子,皮鞋;姿势放松。静默片刻,开始陈述——面向观众的独白,文人口吻。

阿兰　这故事发生在一个公园里（他往四下看了看，好像自己坐在公园的长椅上）。有一个作家，叫做阿兰，常到这里来，找找朋友。（顿了一下）阿兰就坐在这张椅子上，看到有他喜欢的男人经过，就起身尾随而去，一直走到没人的地方，就开始攀谈。（又有点犹豫）阿兰是个同性恋。这种朋友之间不只是交谈，还会做点别的事情——我想这些事就不必说得太清楚。我和阿兰很熟……（稍犹豫，终于痛下决心）我也是同性恋，也常到这公园里来。这地方大家都来。在这里认识、交谈，有时也做些别的事情。

（沉吟片刻）但我恐怕不是每个人都喜欢我们。有时有人会上派出所去反映情况，有时警察也来管一管……有天晚上，派出所一位小史同志碰到了阿兰，把他带到所里去谈话。（想了想）我也认识小史，他很漂亮，但他不是同性恋。（又想了想）谁敢说他也是同性恋——谁敢呢？

阿兰　（重新开始）有一天晚上，小史在公园里巡逻，用手电照到了阿兰——阿兰正和别人在亲热，（想了想）恐怕不只是亲热，还有别的事——就把他逮住了。

阿兰　（站起来，做持手电照脸状，学小史的腔调）小史说，啊哈，又是你。真是林子大了什么样的鸟都有啊！跟我走一趟吧！

阿兰　（又恢复了自己的声调）小史就这样把阿兰带走了。（他做手腕被半拧状，同时不由自主地站了起来，用手向后比划着小史的位置,呈现出激动之态)他就这样走在后面,带阿兰去派出所。这段路很远,要穿过整个公园才能走到……这样走着,有时小史会碰到阿兰的身上,(激动,语塞)感觉很好……(沉默了片刻,努力镇定自己的情绪)晚上很静,公园的路灯亮着;那条路上没有人。不知为什么,阿兰并不害怕,他感到很放松(不好意思地笑笑);感觉就像情人漫步一样。他半倚在小史的身上,右手还抚摸小史(他表演着当时的姿势,十分神往)。小史呼出的气息就在他脖子上,是热的——你能理解吗?后来,小史把他放开了。他一个人朝前走着,走了一段路,回过头来再看小史,那条路上空无一人。小史已经不在那条路上了(阿兰做眺望状)。

(他愣了一会儿,又坐在椅子上,口气平缓地重新开始)后来,阿兰常到公园里来,坐在长椅上等小史经过。白天里,有时小史从这里经过,连看都不看他一眼。现在是夜里了,今天是小史值班。公园里没有人,派出所里也没人……今天可能会不一样。

小史上,从他面前经过,阿兰冲动地直起身来,但小史走过去了。阿兰有点失望。

阿兰　你看,总是这样的。他连看都不看我一眼,大概是把我忘掉了。

语犹未毕,小史转了回来。

小史　(很激动、很疼)孙子!(北京口音,孙在!)我还真没看出来是你!(把阿兰揪起来,推搡他往下场方向走)这回别想跑了!

阿兰 （朝下场方向走，又站住，犹豫了一下，转身向观众）我可能就是阿兰，也可能不是阿兰；这可能是我的故事，也可能和我无关……（转身向小史）不管怎么说，上回可不是我要跑的呀。

小史 （推了他一把）你少废话！（二人下。）

灯光暗。

第一场

人物：阿兰，小史。

地点：派出所内。有一张办公桌，桌前有一个圆凳——这凳子较为靠近前台。桌后一个带轮子的椅子。桌子上有一条警棍。

时间：晚上。

小史推阿兰上，阿兰穿着如前。小史着制服推阿兰至台中央，面向观众。

小史 （声音不高，亦不严厉，但有一种帅哥的派头，和痞劲不一样）站在这儿。（自己走到办公桌后坐下，稍收拾一下，拿报纸来看，阿兰站着，状无奈。）

阿兰 （向观众，陈述的口气）就这样过了一会儿……

小史 （头也不抬）还站着干什么？

阿兰回头看凳子，欲坐。

小史 往哪儿看？

阿兰茫然，看小史。

小史 （依旧头也不抬，断然地）蹲下！

阿兰蹲下，少顷，抬起头来。

阿兰 （陈述的口吻）过了很久，阿兰还记得这一夜的开始。他写了一本书。这本书可能是署了自己的名字，也可能是用笔名。他把这本书寄给了小史，可能是用自己的名字寄出的，也可能是匿名投寄……

陈述时，阿兰直起了身子，把肘部放在膝盖上，就如足球运动员在球场上合影一样。

小史 （头也不抬，喝断阿兰道）老实一点。

阿兰把肘部放下。

小史 还不够老实。

阿兰弓下身子，双目视地，状似在屙屎，最没有尊严的姿势。

小史 好了，就是这样。

过一会儿，阿兰抬起头来，用陈述的口气。

阿兰 书的事下回再说吧。这姿势让我很难堪，腿疼死了……（欲坐。）

小史 没让你坐着。

阿兰又欲直腰。

小史 也没让你站起来啊。

阿兰恢复了原姿势。静场。小史来回翻腾报纸,终于把它放下,心满意足。

小史 (用幼儿园阿姨的口吻来调侃他)哎,这就对了。叫干啥再干啥。(手放在案上,十指交叉)知道我找你干啥?

阿兰茫然了一阵,看小史。小史一指台下,示意他可以陈述。

阿兰 (直起身来陈述)阿兰对他说,我是同性恋者,常到这里来找朋友。我有很多朋友,叫做大洋马、业余华侨、小百合等等。名字无关紧要,反正不是真的。我们在公园里相识,到外面的僻静角落里做爱……

小史咳嗽。马上回到现场气氛——阿兰呈缩头乌龟状。

小史 我没问你这个。

阿兰 (停了一会儿,看小史,经他示意后,依旧是陈述的口气和姿态)阿兰说,我到医院里看过。

阿兰 (幽幽地)我试过行为疗法……还有一种药,服下去可以抑制性欲。不过,都没什么效果。再说,不是我自己想去看,是别人送我去的。

小史 (加重了口气)我也没问你这个。

阿兰又成缩头乌龟。

阿兰 (再次直起身子,低沉地陈述)阿兰说,我结了婚,我知道这是不好的。对不起太太。(声音低至不清)……再说,在圈子里,人家知道了我结过婚,也看不起我……

小史　(近乎恼怒)我也没问你这个!

阿兰不解地转过脸去。

小史　我问你有什么毛病!

静场。

阿兰　(面对小史,把手贴在自己脸上,喃喃自语似的)我的毛病很多……

小史　(痞劲上来了,厉声喝道)你丫很贱!你丫欠揍!知道吗?

阿兰低下头去,姿势同前。过了一会儿他抬起头来,脸上是既屈辱又宽慰的样子。

阿兰　是。知道了。我从小就贱。(又低下头。)

小史　(甚满意,又恢复帅哥派头)你可以站起来了。

阿兰立,活动腿,又想到小史在场,做肃立状。小史颔首,潇洒地往后一仰,指凳子。

小史　坐。

阿兰很拘谨地坐下。

小史　(很帅哥派地)随便一点,没关系。

阿兰不敢。

小史　(不怀好意地)嘿……!

阿兰放松。

小史 （满意了）对。叫干吗就干吗。（手一指台下）说说吧。

阿兰 （茫然）说什么？

小史 （稍诧异）你不知道？真不知道假不知道……

阿兰 （苦着脸）我真的不知道该说什么……

小史 （不耐烦）说说你怎么个贱法！

阿兰转为陈述，暗场，灯光集中在他身上。

阿兰 阿兰说，小时候……

小史 谁是阿兰？

阿兰 我是阿兰。

小史 那就说你好了！

阿兰 （做羞涩状）小时候，我家住在一个工厂宿舍区。三层的砖楼房，背面有砖砌的走廊。走廊上堆满了乱七八糟的东西。楼与楼之间搭满了伤风败俗的油毡棚子。走廊里乱糟糟的……

传来了筒子楼里的乌七八糟之声，大人小孩，三姑六婆。

顺着这走廊往前走，走到一间房子里。这儿有一片打蜡的水泥地板，一台缝纫机。角落里有一堆油腻腻的旧积木。我坐在地上玩积木，我母亲在我身边摇缝纫机。（响起了缝纫机声）我们家里穷，她给别人做衣服来贴补家用。

除了缝纫机的声音，这房子里只能听到柜子上一架旧座钟走动的声音。（钟摆声起）每隔一段时间，我就停下手来，呆呆地看着钟面，等着它敲响。我从来没问过，钟为什么要响，钟响又意味着什么。我只记下了钟的样子和钟面上的罗马字。我还记得那水泥地面上打了蜡，擦得一尘不染。我老是坐在上面，也不觉得它冷。这个景象在我心里，就如刷在衣服上的油漆，混在肉里的沙子一样，也许要到我死后，才能分离出去。

钟鸣声。

自鸣钟响了，母亲招手叫我过去。那时，我已经很高了。母亲用一只手把我揽在怀里，解开衣襟给我喂奶；我站在地上，嘴里叼着奶头；她把手从我脑后拿开，去摇缝纫机。这个样子当然非常的难看。母亲的奶是一种滑腻的液体，顺着牙齿之间一个柔软、模糊不清的塞子，变成一两道温热的细线，刺着嗓子，慢慢地灌进我肚子里。

阿兰的声音渐渐带有感情。

有时候，我故意用牙咬她，让她感到疼痛，然后她就会揪我的耳朵，拧我，打我，让我放开嘴。

转为低沉。

然后，我就坐在冰冷的地面上。这地面给人冰冷、滑腻的感觉，积木也是这样。在我的肚子里，母亲的奶冰冷、滑腻、沉重，一点都没消化，就像水泥地面一样平铺着。时间好像是停住了。

小史咳嗽。

灯光复亮。

小史　你是干什么的？

阿兰　我是作家。

小史　噢。明白了。

阿兰　怎么了？

小史　（很帅）没什么。你接着讲。（阿兰才讲了几个字，小史又打断他）等一等！

小史　（恶意地嘲讽）你要是觉得自己很牛×，也别在这里牛×。到了外面再牛×。我们这儿层次不高，你牛×也是瞎牛×。懂吗？

阿兰被搅得迷迷糊糊，喃喃不清地自语着：我有什么牛×的，但观众听不到，还皱起眉头来。看样子不明白自己怎么就牛×了。直到小史说：讲啊！再讲下去。

阿兰　我从没想过房子外面是什么。但是有一天，走到房子外面去了。我长大了，必须去上学。我没上过小学，所以，我到学校里时，已经很大了。

暗场，马路上的嘈杂声。

那座学校纪律荡然无存，一副破烂相。学校旁边是法院，很是整齐、威严，仿佛是种象征。法院的广告牌，上面打着红钩。

上学路上，我经常在布告栏前驻足。布告上判决了各种犯人。"强奸"这两个字，使我由心底里恐惧。我知道，这是男人侵犯了女人。这是世界上最不可想象的事情。还有一个字眼叫做"奸淫",我把它和厕所墙上的淫画联系在一起——男人和女人在一起了,而且马上就会被别人发现。然后被抓住,被押走。对于这一类的事,我从来没有羞耻感,只有恐惧。随着这些恐惧,我的一生开始了……说明了这些,别的都容易解释了。

静默。学校里的嘈杂声。

我长大了。上了中学。

班上有个女同学,因为家里没有别的人了,所以常由派出所的警察或者居委会的老太太押到班上来,坐在全班前面一个隔离的座位上。她有个外号叫公共汽车,是谁爱上谁上的意思。

小史露出异样的神情。

她长得漂亮,发育得也早。穿着白汗衫,黑布鞋。上课时,我常常久久地打量她。打量她的身体。她和我们不同,我们都是孩子,但她已经是女人了。一个女人出现在教室里,大家都吓坏了。课间休息时,教室分成了两半,男的在一边,女的在另一边。只有公共汽车留在原来的地方。

我看到她,就想到那些可怕的字眼:强奸、奸淫。与其说是她的曲线叫我心动,不如说那些字眼叫我恐慌。每天晚上入睡之前,我勃起经久不衰;恐怖也经久不衰——这件事告诉我,就像女性不见容于社会一样,男性也不见容于社会。她不会有什么好结果,我也一样。

放学以后,所有的人都往外走,她还在座位上。低着头,看自己的手。

这时我在门外,或者后排,偷偷地看她。逐渐地,我和她合为一体。我也能感到那些背后射来的目光,透过了那件白衬衫,冷冰冰地贴在背上……在我胸前,是那对招来羞辱、隆起的乳房……我的目光,顺着双肩的辫梢流下去,顺着衣襟,落到了膝上的小手上。那双手手心朝上地放在黑裤子上,好像要接住什么。也许,是要接住没有流出来的眼泪吧。

灯光复明,小史仔细打量阿兰。

小史 (嘲讽地笑着)你丫真的很特别。我再问你一次,你说是干什么的吧。

阿兰 (指自己)我吗?

小史 (笑得更厉害)对,就是你。

阿兰 我写东西。

小史 说清楚一点!

阿兰 我是作家。

小史 (大笑,状似打嗝)噢!难怪!是作家呀!我操!这就叫作家啦……(双脚乱踢抽屉)

小史继续笑,阿兰起立走向台前。

阿兰 假如我是阿兰,再没有什么比这更让我难过的了。

(第一场完。)

幕间

阿兰的声音：阿兰后来寄给小史的书，是一本小说，讲一个很久以前的故事。他既然把书寄给小史，想必有某种特别的用意。可能，书中的故事和他们二人有某种关系。也许，是纪念他们的会面？也许，是影射小史给他的感觉？但是，我也不知道阿兰有什么用意。

戏曲音乐起。

阿兰（画外，平缓地开始）在古代的什么时候，有一位军官，或者衙役，他是什么人无关紧要，重要的是，他长得身长九尺，紫头发，黄眼睛——具体他有多高，长得什么样子，其实也不重要，重要的是他在高高的城墙下巡逻时，逮住了一个女贼，把锁链扣在了她脖子上。这个女人修肩丰臀，像龙女一样漂亮。他可以把她送到监狱里去，让她饱受牢狱之苦，然后被处死；也可以把锁链打开，放她走。在前一种情况下，他把她交了出去；在后一种情况下，他把她还给了她自己。实际上，还有第三种选择，他用铁链把她拉走了，这是说，他把她据为己有。其实，这也是女贼自己的期望。

黑衣衙役牵走女贼。女贼做曲折委婉之状。二人下场。

阿兰（画外）那条闪亮的链子扣在她脖子上，冷冰冰、沉甸甸，紧贴在肉上。然后它经过了敞开的领口，垂到了腰际，又紧紧地缠在她的手腕上。经过双手以后，绷紧了。她把铁链放在指尖上，触着它，顺着铁链往前走着。但是，铁链又通到哪里呢？

第二场

人物场景同前。

阿兰坐在小史面前，双手抱头，甚痛苦。小史咳嗽一声，阿兰坐直。

小史 （帅哥气派，微笑着打量他，稍有嘲讽之意）我觉得你还可以再随便一点。对，把右腿搭在左腿上。手放在膝盖上，这样好看。抬头看着我。好了，现在可以开始了。（朝台下举手做让人的手势，示意）说吧，你有什么毛病。

阿兰 我是同性恋。（回头看小史。）

小史 这我知道了。接着说啊。

阿兰 小时候，我喜欢过公共汽车。（又看小史。）

小史 这个缓缓，先说你的事。

阿兰 （咬咬牙，下了决心）我在中学里就有了朋友。我和他玩过。

小史 好啊，说这个就可以。

阿兰 我的第一个同性爱人,是同班的一个男同学,他很漂亮、强壮,在学校里保护我。那一次是在他家里,议论过班上的女同学——尤其是公共汽车以后,就动了手。我说,我是女的,我是公共汽车。而且我觉得,我真的就是公共汽车。

阿兰 我们在床上做爱……(传来了木板床的嘎悠声,很刺激。)总是他来爱我。我觉得这是对的。我从没要他给我做什么,能被他爱就够了。

阿兰沉默至小史咳嗽。

我马上就感到自己是属于他的了。我像狗一样跟着他。他可以打我、骂我,对我做任何事,只要是他对我做的事,我都喜欢。我也喜欢他的味道——他是咸的。睡在铺草席的棕绷床上,他脊背上印上了花纹,我久久地注视这些花纹,直到它们模糊不清。我觉得在他身边总能有我待的地方,不管多么小,只要能容身,我就满足了。我可以钻到任何窄小的地方,壁柜里、箱子里。我可以蜷成一团,甚至可以折叠起来,随身携带……但是,后来他有了女朋友,对我的态度就变了。

灯光暗,只剩下阿兰。

阿兰 他家住在一座花园式的洋房里。有一天,已经黑了。我找他,站在花坛上往窗户里看。他正在灯下练大字。我看了好久,然后敲窗户。他放下笔来,走到窗前来,我们隔窗对视。我打手势让他开窗,他却无动于衷地摇头。他要走开时,我又敲窗户。

最后他关上了灯。

阿兰 （沉默了一会儿，像叫喊似的）以前他总是给我开窗的呀！

很动感情。又过了一会儿，开始陈述。

我在他窗外，在黑夜里直坐到天明。夜很长，很慢。整整一夜，没有人经过，也没有人看到我。开头还盼他开窗户来看我一眼，后来也不盼了。他肯定睡得很熟。而我不过是放在他窗外的一件东西罢了。我真正绝望了——觉得自己不存在了。忽然一下，外面的路灯都灭了。这时我想哭，也哭不出来。天快亮时起了雾，很冷，树林里忽然来了很多鸟，叽叽喳喳叫个不停。（稍停顿，传来早晨的鸟鸣。）这时候我猛然想到，我是活着的！

灯光复明。小史频频点头，做嘲弄的赞叹状。

小史 （很帅）噢，原来是这样的。很浪漫的哦。接着讲。

阿兰受挫折。低下头去。小史催促他，语调冷峻，转为命令。

小史 讲啊。讲！

阿兰 （接着说下去，灯光集中在他身上）后来，我继续关注公共汽车。

教室里空无一人时，我走到她面前坐下。她说，她和任何人都没搞过，只是不喜欢上学。这就是说，对于那种可怕的罪孽，她完全是清白的；但是没有人肯相信她。另一方面，她承认自己和社会上的男人有来往，于是就等于承认了自己有流氓鬼混的行径。因此就被押上台去斗争。

我在梦里也常常见到这个景象，不是她，而是我，长着小小的乳房、柔弱的肩膀，被押上台去斗争，而且心花怒放。但我抑制住心中的狂喜，低头去看自己的白袜子、黑布鞋。

我还能感觉到发丝，感觉到她身上才有的香气。此时，我不再恐惧。在梦里，我和公共汽车合为一体了。只有一个器官纯属多余。如果没有它，该是多么的好啊……

阿兰停下来，看小史。

小史 别看我嘛。看大家！让大家都看到你。

阿兰转向观众。

小史 说啊！让大家都听听。别说别人，说你自己！看还有什么地方多余！

阿兰 （面对观众，声音低沉）中学毕业了，各人有各人该去的地方。那一年我十七岁，去了农场当工人。人家觉得我老实，就让我当了司务长，管了伙食账。

稍停顿。

阿兰 我在乡下遇到了一个人，是邻队的司务长。我们是在买粮食的时候认识的。他穿着一件褪色的蓝工作服，沉默寡言，我马上就喜欢他了……我带他到我的大房子里。他和我谈到了女人。我喜欢他，就说，我就是女人。我满足了他，他却没有回报我……后来，他约我过节时到他那儿去，说过节时别人都回家了，清静。过节时，我真去他那儿了。我又满足了他。然后……灯一亮，炕下站起来几个表情蛮横的小伙子。我转向司务长，可他给了我一个大耳光。然后他们揪住我臭揍，搜我的兜，把钱拿走……

灯光渐暗。

我背过身去，让他们揍我。那间房子不宽，但很长，大通炕也很长。那些声音就在房子里来回撞着。我几乎不能相信是在打我，好像这是别人的事……在炕里摆着一排卷起的铺盖。铺盖外面，铺着芦苇的席子，像一条路。我就顺着这条路往前爬。那些席子很光滑。有一只长腿蜘蛛从我眼前爬过……

他们搜走了我的钱，把我撵走了。那是公家的钱，大家的伙食费，这些钱对我来说，是太多了。我是赔不起的啊……后来，我在黑暗里走着。

灯光晃动，模拟车灯，似乎这里真是郊外的道路。

偶尔有车经过，照到了半截刷白的树干。挨打的地方开始疼了，这就是说，他们真的打了我。夏天的夜里，小河边上有流萤……夜真黑啊。有车灯时，路只是灰蒙蒙的一小段，等到走进黑暗里，才知道它无穷无尽的长。出现了一块路碑，又是一块路碑。然后又是路碑。还有冷雾，集在低洼地方，像凉牛奶。我想到过死，啊，让我死了吧。然后闭着眼睛站在路中间。眼前亮过一阵，后来又暗了，汽车开过去了。睁开眼睛时，远远的地方，有一道车灯，照出了长长的两排树，飘浮在黑暗里。但我还是活着的……

阿兰的语气转为兴奋。

后来,我又在草地上走着。露水逐渐湿透了布鞋,脚上冷起来了。我觉得,活着的每一分、每一秒都是痛苦的。也许,我不生下来倒好些……但后来又想:假如不是现在这样,生活又有什么意思呢?

小史 (惊异中又带点赞叹)我操!你丫真有病!

灯全暗。

阿兰的声音在黑暗里继续:后来,小史告诉我说,假如他是我弟弟,就要帮我去打丫的。这个丫的,是指骗我钱的司务长。

小史的声音:这种人还不打丫的,等什么呢!

阿兰 这话很让我感动。但是,我不希望他是我弟弟。我只希望他是陌生人。在陌生人之间,才会有爱情。

(第二场完,音乐起。)

幕间

阿兰的话外音:阿兰在小说里写道:那位紫髯衙役用锁链牵着女贼,没有把她带回家里,而是把她带进了一片树林,把她推倒在一堆残雪上,把她强奸了。此时,在灰蒙蒙的枝头上,正在抽出一层黄色的嫩芽。这些灰蒙蒙的枝条,像是麻雀的翅膀,而那些嫩芽,就像幼鸟的嘴壳。在他们走过的堤岸下,还残留着冰凌……她躺在污雪堆上,想到衙役要杀她灭口,来掩饰这次罪行,就在撕裂、污损的白衣中伸开身体,看着灰蒙蒙的天空,想道:在此时此刻死去,这是多么好啊。而那位衙役则倚着大树站着,看着她胸前的粉红蓓蕾,和束在一起的双手,决定把她留住,让她活下去。他们远远地站着,中间隔着的,就是残酷的行径。

戏曲音乐起。

女贼衣着凌乱,赤足,戴木枷。衙役对她稍有温存。(恐怕纯粹的戏曲不能满意,要加入现代的东西。)

第三场

场景和人物同前。灯光渐亮。

阿兰 (继续面对着观众)中学快毕业时,公共汽车进去了。那时她就住在学校里,所以就从学校里出来,到她该去的地方……

她双手铐在一起,提着盆套。盆套里是洗漱用具,所以她侧着身子走,躲开那些东西;步履蹒跚。当时有很多人在看她,但是她没有注意到。她独自微笑着,低头走自己的路,好像是在回家一样。

阿兰不仅说，还在模仿公共汽车。

在警车门前，她先把东西放下，然后，有人把她的头按下去。她很顺从地侧过了头，进到车门里，我多么爱那只按着她的大手，也爱她柔顺的头发——我被这个动人的景象惊呆了。这多么残酷，又多么快意啊！她进了那辆车，然后又把铐在一起的手从车窗里伸了出来。那双手像玉兰花苞，被一道冰冷的铁约束着……她在向我告别。她还是注意到了有我在场。手指轻轻地弹动着，好像在我脸上摩挲。我多么想拥有这样一双手啊。

阿兰结束在手的动作上，僵止了一下，看了一眼小史，把手缩回去。

小史　你的手怎么了？让我看看你的手。

阿兰转向，小史从桌上走出来，阿兰很听话地把双手伸出来，手心朝下地交给小史。小史捏他的手指、指节，一一捏过。

小史　你的手怎么不好？要别人的手干什么？我看还可以嘛！（小史回到桌后坐下，阿兰继续举手。）

小史　行了，把手放下吧。接着讲你的事！

阿兰才欲开口，又被小史喝断。

小史　这回可别再装丫挺的了。

阿兰　（彻底糊涂，犹豫再三，终于鼓足了勇气，向小史）对不起，能不能问个问题？

小史　（颇意外）问我？

阿兰　（畏缩地）是啊。

小史　（想发作,终于没有发作）好,问吧。（他做出帅哥气派。）

阿兰　您刚才说的"牛×",现在说的"装丫的",到底是说谁呀?

小史　不知道吗?

阿兰　（更畏缩,提心吊胆地）不知道。

小史　说你!知道了吗?

阿兰　知道了。能不能再问问,是什么意思?

小史　（恼,握警棍）不懂吗?

阿兰　（缩着脖子,准备挨打）不懂。

小史　（忽然改变了主意,把警棍放下,恢复了帅哥气派）不懂就不懂吧。

阿兰　我说我是作家,你笑什么呢?

小史　（怒）少废话!接着讲!

阿兰　（呆呆地）讲谁?

小史　讲你和公共汽车!

阿兰　噢。我就这样爱上了公共汽车。（沉默。）

小史　接着讲。

阿兰　她现在是我老婆。

小史　（讥讽）这倒不新鲜。

阿兰　我很想爱她。但爱不起来。我做不到。人不是什么事都做得到，总有做不到的事啊。

阿兰堕入了沉思。沉默，小史用手指敲桌子，阿兰无反应。咳嗽也无反应。静场后，小史大喝一声。

小史 （霹雳似的）说话！

阿兰 （一愣，变换了话题）几年前，我遇上了一个小学教师。（然后，他逐步摆脱小史的干扰，转入了陈述。）

小史 （觉得又不是自己想听的，真有点恼了）女的吗？

阿兰 男的。

小史 （冷嘲）好！两样都搞。这个我喜欢。

阿兰 那时候我在圈里已经小有名气了。有一天，我心情特别好，我和蛮子、丽丽在街上走，碰上他了。他长得很漂亮，但我见过的漂亮的人太多了。其实，一见面他就打动了我。除了那种羞涩的神情，还有那双手。

小史 手很小，很白吧！

阿兰 不，又粗又大。从小干惯了粗活的人才有这样的手。以后，不管你再怎么打扮，这双手改不了啦。

小史 噢。你是说，不能和你的手比。

阿兰 是的，但正是这双手叫我兴奋不已。后来，那个男孩鼓起勇气走到我面前问：这儿的庄主是叫阿兰吧。我爱答不理地答道：你找他干啥。他说想认识认识。我说：你认识他干啥？你就认识我好了。我比他好多了。

小史 是吗？谁比谁好啊？

阿兰 蛮子和丽丽围着男孩起哄，让他请客才肯为他介绍阿兰。在饭馆里那些菜如果不是他来点，这辈子都没人吃。

小史 为什么？

阿兰 最难吃，又是最贵的菜。

小史 那他一定很有钱了。

阿兰 没钱。他家在农村，是个小学教师。（残酷地）我们吃掉了他半年的伙食费。其实，他早就知道我是阿兰。但是他要等我亲口告诉他。

小史 那倒是。不过，您也得拿拿架子，不能随便就告诉他。你告诉他了吗？

阿兰 我告诉他了。我们到他家去，骑车走在乡间小路上，在泥泞中间蜿蜒前行。

小史 很抒情啊。

阿兰 他的家也很破烂，他父母都是老实巴交的乡下人。他的卧室里一张木板床，四个床腿支在四个玻璃瓶上。他说，这样臭虫爬不上来。这是我见过的最寒酸的景象了。

小史 别这样说嘛，我也在村里待过的。

阿兰 （已经进入了状态）那间房子很窄，黄泥抹墙，中间悬了一个裸露的电灯泡。晚上，我趴在那张床上，眼前的黄泥巴处处开裂。就在我面前，爬着一个大蟑螂，腿上的毛狰狞可畏，就像死了一样……

　　此后他沉浸在陈述中，转向观众。

　　春天很冷，屋里面都有雾气。那张床久无人睡，到处是浓厚的尘土味。在床的里侧，放着一块木板，板上放着一沓沓的笔记本、旧课本。你知道，农村人有敬惜字纸的老习惯。在封面破损的地方，还能看到里面的铅笔印，红墨水的批注……他在床下走动，我听到衣服沙沙的声音。还有轻轻的咳嗽声——他连喘气都不敢高声。他在观赏我呢，就如后宫里卑贱的黑奴在欣赏他的女王；我的身体，皮肤、肌肉，顺着他的目光紧张着。他后来说，害怕目光会弄脏了我。同时，我是一个女王，被欣赏着……此时，我不像躺在一张木板床上，却像置身于大理石的台子上；在我身下的好像不是发霉的被褥，而是厚厚的波斯地毯，上面铺了一张豹皮……或者，横陈在铺了红丝绒的陈列台上，罩在玻璃后面……我在想象那双粗糙的黑手放到我身上的感觉，想象那双大手顺着我两腿中间摸上来……后来，他脱掉了衣服，问我可不可以上来，声音都在打颤，但我一声都不吭……直到趴到了我身上，他才知道，我是如此的顺从！

　　小史　你闭嘴吧！

　　阿兰愣住。小史从桌后站了起来。

　　小史　你怎么就不明白，我让你说什么，你才能说什么？

　　阿兰　（呆呆地看着他，状似受到催眠）是呀……你想让我说什么?

小史 （为之语塞。渐渐地，他脸上露出狞笑来）这个，你是清楚的!

阿兰 （在小史的狞笑中，转向观众）总是这个样子。他们让我们说什么，我们自己不知道。（愣了一下）我猜他们也不知道。要是知道，何必问我？（沉思片刻）只有一件事是清楚的，就是我们必须讲出他们爱听的话来。除此之外，全都不清不楚。

暗。

阿兰的声音在黑暗里继续：那天晚上，小史还说，阿兰的态度不老实。不是倒豆子，是在挤牙膏——（受误会后的委屈口吻）什么牙膏豆子的！不用他挤，也不用他倒。我这不是什么都招了吗？

（第三场完。）

幕间

阿兰的画外音：在阿兰的书里，有一处写道，那个白衣女贼被五花大绑，押上了一辆牛车，载到霏霏细雨里去。在这种绝望的处境之中，她就爱上了车上的刽子手。刽子手穿着黑色的皮衣，庄严、凝重，毫无表情（像个傻东西），所以爱上他，本不无奸邪之意。但是在这个故事里，在这一袭白衣之下，一切奸邪、淫荡，都被遗忘了，只剩下了纯洁、楚楚可怜等等。在一袭白衣之下，她在体会她自己，并且在脖子上预感到刀锋的锐利。

那辆牛车颠簸到了山坡上，在草地上站住了，她和刽子手从车上下来，在草地上走，这好似是一场漫步，但这是一生里最后一次漫步。而刽子手把手握在了她被皮条紧绑住的手腕上，并且如影随形，这种感觉真是好极了。她被紧紧地握住，这种感觉也是好极了。她就这样被紧握着，一直到山坡上一个土坑面前才释放。这个坑很浅，而她也不喜欢一个很深的坑。这时候她投身到刽子手的怀里，并且在这一瞬间把她自己交了出去。

戏曲："砍头戏"。

戏曲完。

阿兰的旁白：这个情节在阿兰的书里既没有前因，又没有后果，和整个故事很不协调，像是一处忘记删掉的多余之处，又像一个独立的意象。虽然如此，他还是把它保留着。这也许是因为，在故事里最不重要的，在生活里却是最重要的。也许是因为这个情节让他想起了什么。也可能不是因为别的，就是因为他喜欢。

第四场

场景如前。

灯光渐亮。阿兰仍面对着观众，小史走回办公桌后面。

小史 我让你说什么，明白了吗？

阿兰 明白了。(朝向观众)其实是不明白。(他稍加思索,然后)这个公园里有一个常客,是易装癖。他总是戴一副太阳镜,假如不是看他那双青筋裸露的手,谁也看不出他是个男人。他和我们没有关系。他从来也不和我们做爱,我们也不想和他做爱。这就是说,他生活的主题和我们是不一样的。

小史 什么主题？说明白一点！

阿兰 (低着头说)生活里有些东西是改变不了的……每个人的生活都有个主题,有人是公共汽车,有人是同性恋,有人是易装癖。这是无法改变的。每个人都不同,但大家又是相同的。

小史 你说的这个东西，就叫做"贱"！

阿兰不语。

小史 （厉声地）说话呀！

阿兰 （扬起头来,看着观众）你说得对,这就是贱。有一天,我看到他,就是那个易装癖从公园里出来,后面跟了好几位公园的工人,手持扫帚等,结成一团走着,显出一种把他扫地出门的架势。听说,因为要上女厕所,所以他很招人讨厌。但是要进男厕所又太过扎眼……那一天我看到他从公园里被人赶出来,其实他是先从女厕所里被赶了出来……

小史 （猛地拉开抽屉,拿出易装癖的女装、头套等,举在空中）我们也不是白吃饭的！那孙子再也不能到公园里和大伙起腻了……

阿兰 （继续喃喃地说）我看到他那张施了粉的脸，皮肉松弛，残妆破败，就像春天的污雪，眼晕已经融化了，黑水在脸上泛滥，一直流到嘴里。

小史 （怒吼）够了！

阿兰 （继续喃喃地说）他从围观的人群中间走过，表情既像是哭，又像是笑；走到墙边，骑上自行车走了。而我一直在目送他。缠在破布条里，走在裙子里，遭人唾骂的人，好像不是他，是我啊。

小史站起来，弄出很大的声音。阿兰住嘴了。

小史走到阿兰身边，用手压他的头，让他低下头来。自己也弓下腰状似低语，故作隐秘状，好像怕人听见，但声音很大，而且是咬牙切齿的——我认为这是帅哥在故作深沉。

小史 说你自己的事，明白了吗？别扯别人的事。也别兜圈子说你自己的事！你给我记住了！

然后，小史走回办公桌后面坐好。阿兰对着观众抬起头来，满脸的疑惑。

阿兰 难道这不是我自己的事吗？难道，这些不都是我的事吗？

暗。

阿兰的声音在黑暗里继续：那天晚上小史说，阿兰总在回避，不肯谈要害问题。但阿兰以为，他没有回避什么。他谈的始终是要害问题。小史以为，要害问题是阿兰对他的冒犯；也就是他摸他那件事。阿兰却以为，他的每一件事都是要害问题。换言之，他自己，就是那个要害问题。小史说，阿兰遮遮掩掩，不承认自己犯贱。阿兰却说，这一点已经无须再提。他自己的态度已经说明，他什么都承认了。现在最重要的是：小史所说的贱是怎么一回事。我也不知谁说得对。

（第四场完，音乐起。）

幕间

阿兰的画外音：阿兰的书里，另一处却写道，那位衙役把女贼关在一间青白色的牢房里，这所房子是石块砌成的，墙壁刷得雪白；而靠墙的地面上铺着干草。这里有一种马厩的气氛，适合那些生来就贱的人居住。他把她带到墙边，让她坐下来，把她项上的锁链锁在墙上的铁环上，然后取来一副木杻。看到女贼惊恐的神色，他在她脚前俯下身来说，因为她的脚是美丽的，所以必须把它钉死在木杻里。于是，女贼把自己的脚腕放进了木头上半圆形的凹陷，让衙役用另一半盖上它，用钉子钉起来。她看着对方做这件事，心里快乐异常。而那位衙役嘴里含着方头钉子，尝着铁的滋味，把钉头锤进柔软的柳木板里。

后来，那位衙役又拿来了一副木枷，告诉她说，她的脖子和手也是美的，必须把它们钉起来。于是女贼的项上就多了一副木枷。然后，那位衙役就把铁链从她脖子上取了下来，走出门去，用这副铁链把木栅栏门锁上了。等到他走了以后，这个女贼长时间地打量这所石头房子——她站了起来，像一副张开的圆规一样在室内走动。这样，她不仅双手被约束，双腿也是敞开的。他可以随时占有她。也就是说，她完全准备就绪了。然后，她又回到草堆上去，艰难地整理着白衣服，等着下一次强暴。

戏曲："狱中戏"。

第五场

场景如前。灯亮。

灯一亮就开始，无静场。

小史一咳嗽阿兰就开始。这一回节奏很快。

阿兰 （陈述的口气）小时候，我站着在母亲怀里吃奶。她在干活，对我的碍手碍脚已经很烦了。钟又响了，母亲放下活来，正色看着我。我放开，趴倒在地，爬回角落里去。缝纫机又单调地响了起来。我母亲说，你再腻味，我叫警察把你捉了去。久而久之，我就开始纳闷，警察怎么还不来把我抓走。后来，我用手玩自己的小鸡鸡。我母亲说，要把它割去喂小狗。又说，这是耍流氓，要叫警察叔叔把我逮走。后来，她把我手反绑住，让我坐在地上。等待着一个威严的警察来抓我，这是我小时候最快乐的时光。

小史皱着眉头看阿兰，逐渐站起身来，有点预感。

以后，在我成年以后，我在公园里看到一个警察匆匆走过，这些故事就都结束了。他抓住了我，又放开了，所以我走了，我不能不接受他的好意，但是，我还要把自己交到他手上。

小史 （骤然起立，拖着椅子朝阿兰奔去，嘴里也喃喃地说道）好！这回可算是说到点子上了！

小史带着按捺不住的兴奋奔到阿兰面前，放下椅子，亮出了手铐，而对方正带着渴望的神情立起，把左手几乎是伸到了铐子里，然后又把右手交过去，但小史说：不，转过身去。把他推转了过去，给他上了背铐。双方都很兴奋——阿兰觉得这一幕很煽情，小史则为准备揍他而兴奋，甚至没有介意阿兰的若干小动作。阿兰用脸和身体蹭了小史。然后，小史又按他坐下，自己拉椅子坐在他对面，双手按在对方肩上，在伸手可及的距离内——但这又像是促膝谈心的态势。小史口气轻浮，有调戏、羞辱的意味，不真打。小史想要教育阿兰，但他不是个刽子手，所以只是羞辱，不是刑讯。毋庸讳言，这正是阿兰所深爱的情调。

小史 现在可以好好说说，你到底有什么毛病——我可以给你治。（然后，拍他嘴一下，近似嘴巴，作为开始的信号）讲啊。

阿兰深情地看小史，欲言而止，过于难以启齿。

小史 （又催促了一次，一个小嘴巴）讲。

挣扎了几次，最后，阿兰说的并不是他最想说的。

阿兰 有一天，我在公园里注意到一位个子高高的、很帅的男人，他戴着墨镜，披着一件飘飘摇摇的风衣。我顺着风衣追去。转过胡同拐角，我几乎是撞到他怀里。他劈头揪着我说：你跟着我干吗。我说，我喜欢你。

小史 （给他一嘴巴）这么快就喜欢上了？

阿兰 （动情地看他一眼，自顾自地说下去）他放开我，仔细打量了我半天，然后说，跟我来吧。

我们俩到他家去了。他住在郊外小楼里，整个一座楼就住他一个人，房里空空荡荡，咳嗽一下都有回声，走在厚厚的地毯上，坐进软软的沙发里。他说：喝点什么吗。

小史 （又是一下）你傍上大款了？

阿兰 坐在那间房子里，闭着眼睛，听着轻轻的脚步声，循着他的气味，等待着他的拥抱、爱抚。

小史 （低头看看阿兰的裤子，凸起了一大块。又给他一下）在我面前要点脸，好吗？

阿兰 突然，他松开我，打了我一个耳光，打得很重。我惊呆了……

小史 （极顺手，又是一下）是这样的吗？

阿兰 （扬着脸，眼睛湿润，满脸都是红晕，但直视着小史）他指着床栏杆，让我趴下。他的声调把我吓坏了。我想逃，被他抓住了。他打我。最后，我趴在床栏上，他在我背后……我很疼，更害怕，想要挣脱。最后突然驯服了。快感像电击一样从后面通上来。假如不是这样，做爱又有什么意思呢？

小史 （又一下）噢！原来你是欠揍啊。

阿兰 穿好衣服后，他说，你可以走了。我说，我不走。他说，不走可以，有一个条件。我说，你对我做什么都可以。他说，真的吗？做什么都可以吗？……

阿兰 （微笑着，已经面对观众，继续回味）然后，他让我跪下。用黑布蒙上我的眼睛。第二次做爱，前胸贴在冰冷的茶几上。我听到解皮带扣的声音。皮带打在身上，一热一热的，很煽情。说实话，感觉很不错。后来，胸前一阵剧痛——他用烟头烫我。这就稍微有点过分了。

小史 编得像真事似的！

撕开他的衬衣，在阿兰胸膛上，伤疤历历可见。

小史 （震惊）我操！是真的呀！（稍顿）你抽什么风哪？

阿兰 我爱他。

小史瞠目结舌，冷场。

小史 （驾椅退后，仔细打量阿兰，好像他很脏）你——丫——真——贱！

阿兰 这不是贱！不是贱！这是爱情！（近乎恳求）你可以说我贱，但不能说爱情也贱哪。（严厉地）永远不许你再对我用这个"贱"字，听清楚了没有？

小史被阿兰的气势镇住，一时没有说出话来，然后自以为明白了，笑了起来。

小史 （犯痞）得了吧，哥们儿，装得和真事儿似的。还爱情呢。

阿兰极端痛苦的样子，因为不被理解。

小史 （推心置腹地）他玩你是给钱的吧？

阿兰痛苦地闭上眼睛，受辱感。

小史 （试探，口吻轻浮）你想换换口味？玩点新鲜的？玩点花活？

阿兰极端难受，如受电击。

小史 难道你真的欠揍？

阿兰不回答，表情绝望。小史觉得头疼。忽然间他驱椅后退至桌旁，顺手闭灯，用帽檐遮面，打起盹来了。

响起了雨声。有一块灯光照在阿兰脸上。

阿兰 （在黑地里说）也许他是真的不懂。但是，死囚爱刽子手，女贼爱衙役，我们爱你们，难道还有别的选择吗？

小史似乎睡着了。但这话使他微微一动。

阿兰在喃喃低语：在这个公园里，华灯初上的时节，我总有一种幻象，仿佛有很多身材颀长的女人，身着黑色的衣裙，在草地上徘徊。我也是其中的一个。

同一场景，黑衣女人上，似在做时装表演，但比一般时装表演节奏慢。

阿兰的声音：在脚上，赤足穿着细带的皮凉鞋。脚腕上佩戴了一串粗糙的木珠。无光泽的珠子，细细的皮条，对于娇嫩的皮肤来说，异常的残酷。但这是我喜欢的唯一一种装饰。那种多角形的木珠啊……我很美，这一点已经毋庸置疑。但美丽的价值就在于，把自己交出去。

晚上，灯光在催促着，让我把自己交出去。如果爱情再不到来，仿佛就太晚了。

表演毕。

阿兰　（雨更大了。阿兰语气强烈，想要压倒雨声）有关这些，你为什么不问呢？

小史闭着眼睛，姿势已很僵硬。很难相信他还睡着。

阿兰的声音又变成幽幽的了。

阿兰　无须再说我是多么的顺从。从一开始，这就是尽人皆知的事了……你让我说的，只是这件事本身。你不让我说这件事的意义……

灯暗。戏曲音乐又起。

阿兰　在阿兰寄给小史的书里，有一处写道，那个女贼被锁在牢里。这样，除了等待衙役的到来，她的生活没有其他意义。

她等了很久，终于发现再等已毫无意义。她觉得自己不再被需要了。于是她站了起来，在木枷的约束下走出牢门，发现牢门的外面，竟是一片美丽的桃花。

在桃色的追光下，女贼上。

阿兰　她在足枷中，艰难地迈开脚步走出桃园。就在这时她猛然想道：假如没有人需要，怎么会有枷锁？怎么会被锁进牢房？这都是不可能的事啊！相反，这样被锁、被关押，才说明人占有她的欲望是何等的深。难道这些枷锁是因为她自己需要才戴上的吗？……生活在别人的强烈欲望之中，被人约束，被人需要，才是幸福的啊……

女贼下，舞台又变成以前的样子。

阿兰　你呢？你需要什么？难道你什么都不需要吗？

在窗外射入的灯光里，小史紧皱眉头。

阿兰　（语气强烈）我可以是仙女，也可以是荡妇，可以是男人，也可以是女人……我可以做任何事情。我可以是任何人。别人可以对我做任何事，特别是你。特别是——你！但是你呢？难道你是死人吗？

灯亮，小史猛地站起来，猛冲到阿兰面前，手里拿着钥匙。阿兰把身子朝后倾，好像不希望小史给他打开手铐。

小史　你喜欢戴这个东西，自己买一个去，这个是公物。

小史　（阿兰站起来，两人挨得很近，阿兰相当明显地往小史怀里倒,小史把他往外推。他毅然给阿兰打开手铐,指着门)哥们儿,您爱哪去哪去,我这儿不留你!

  雨声很大,像瓢泼一样。

  阿兰 (行至门口,停住)你看,在下雨。

  静场。

  小史犹豫很久,把目光转向别处。阿兰顺势回到屋里。

  阿兰走到小史身边。

  小史 (喃喃地说)你还有什么要说的?

  阿兰 我爱你。

  小史 (像被电了一下,跳了起来,叫道)你丫说什么呢?

  阿兰 (更大声地)**我爱你**。

  (小史把阿兰铐上,揪着领口把他拖出去,拖到台侧。拉到水池前用龙头冲,有声音。然后,小史把阿兰拖了回来,阿兰满头是水。小史把阿兰按在圆凳上,单手左右开弓扇他嘴巴。阿兰不断地呻吟,但极为亢奋。在圆凳上,他叉开了双腿,裤子里凸起很大一块。等到小史打得手累,甩起右手时,阿兰低头去吻小史拎他领子的手,并且说)我爱你。

  (小史赶紧把左手也撤了回来。后来,小史扑向办公桌取警棍来,又被阿兰用面颊把警棍压住,他重复道)我爱你。

  小史 (喘着气,扔掉了警棍,退后,连连摇头)你丫真有病了。

阿兰　我爱你。我的毛病是我爱你。（然后又暧昧地笑着说）你再打我吧。

小史　（看看阿兰水淋淋的样子，又看看自己的手，不无惊恐之意地说）我打你干吗？

阿兰　再罚我蹲墙根吧。（欲起身。）

小史　（看看墙根说）这怎么成？

阿兰　让我到外面雨里去站着吧。

小史　（看雨）那也不成。

阿兰　（着重，一字一顿地）那么，我爱你。

小史无奈，颓唐地坐下了。

阿兰　（面对观众）如果你不爱我，上一次怎么会放我走？如果你不爱我，怎么会打我、骂我、羞辱我呢？难道，这真的是因为你恨我？假如是，你为什么要恨我？你有什么理由来恨我？如果不是，就来爱我吧……

暗。

（第五场完。）

幕间

阿兰的画外音：有一天早上，那个衙役开门时，看到女贼睡在他家的门外。他不知她是怎样从刽子手那里逃走的,但是,他再也不能摆脱对她的爱。这已经是注定的了。于是,他只好用铁链把她锁在柱子上,用木杻枷住她的双足,继续占有她。

无歌词昆曲声起。

阿兰的画外音:晚上,特别是月圆之夜,他把她放开,享受她的一切,从双手开始。

隔着一道纱幕,女贼和衙役极尽缠绵之能事,后暗。

第六场

场景如前,阿兰和小史对坐着,阿兰的手铐打开,放在桌子上。二人很随便,很亲密。好像提前拉开幕(或提前开灯)了,把台后的事暴露了一样。

小史 (手放在阿兰腿上)阿兰,你丫也是太那个一点了。打你怎么就是爱你了。

阿兰把手放在小史肩上,给他整理领子,手势温柔。小史把他的手取下来。

小史 当着外人别这样。(但他拿着他的手,亦有上劲的意思。少顷猛省,把手放开)该开始了。

(小史去取手铐,阿兰也站了起来。小史给他上了背铐,按他的肩,让他坐好,都很温柔。然后欲走,又转了回来,也给阿兰整整领子,退后半步看了看,感到满意。)抬起腿来,好看点。(然后自己回位子坐下,咳嗽一声,欲拿帅哥架子,忽又一笑。)

小史 (柔声问道)你还没回答我话哪!打你就是爱你吗?

阿兰 (半撒娇)谁说的?

小史 你呀,这么多人都听见了!

阿兰 (稍愣,然后笑)我也没说是我的事啊!我也不一定是阿兰,你也不一定是小史。

小史 (也稍愣,然后笑)好吧,就算不是你的事。你丫编出这些乱七八糟的事儿,是什么意思吧?

阿兰 没什么意思。好玩嘛。

小史 (很挂相)没别的?就为了好玩?

阿兰 (开始深沉)有。有别的……当然了。(抛媚眼。)

实际上小史此时稍挂相。阿兰也有点女气。两人都很放松。忽然场外一声咳嗽。二人都拿起架子来,但已不能恢复过去的情形,又开始挂相。

小史 (不那么严厉)说话啊。

阿兰 (重复上场,但比前浪荡)如果你不爱我,上一次怎么会放我走?如果你不爱我,怎么会打我、骂我、羞辱我呢?难道,这真的是因为你恨我?如果不是,就来爱我吧……

小史 (面红耳赤,目光矇眬,完全是同性恋面容,而且喘息不定。他忽然瞪起眼来）你到底是男是女？

阿兰 （犹豫了一会儿，终于说）我又何必是女的——我又何止是女的呢。

阿兰说自己是女的，声音里都带有女气。

小史 （疑惑地看着他，忽然，带着点火气说）你是女的，就穿女人衣服！

小史猛地一拉抽屉，抽屉里全是易装癖的整套做案工具。他把那些东西抖搂出来，走过来给阿兰打开背铐，怒气冲冲地走出去了。

阿兰走向桌子，拿起那些东西，忽然转身向观众。

阿兰 让我化装成女人，这是多么大的羞辱！（少顷又说）但是，受他羞辱，不正是我喜欢的事情吗？……

阿兰转过身去，背对观众，开始脱掉衣服，换上女装，灯渐暗，音乐起。

阿兰的独白：在阿兰的小说里，此后，这位女贼就围绕着柱子生活，白天等待着他回来，他不在家里时，她就描眉画目，细致地打扮。等待着被占有，这是多么快乐啊。

灯光复明时，阿兰已经化装毕；女装，假发，还穿了高跟鞋，好像是个很漂亮的女人，但手里还拿了一支化妆的笔，阿兰的另一只手执镜照着自己。

阿兰 （陈述的口气）那个女贼的花容月貌，就在无数次的化妆中过去了。她逐渐变成了残花败柳。

小史在黑暗里上。

小史 （急不可耐）还没有好吗？你比女人还能磨蹭了！

阿兰 请再等一等。（又给自己描眉，像画家作画一样精心）美丽是招之即来的东西，但它也可以挥之则去。（问小史）现在漂亮了吗？我是很在意的呀。……（忽然随意起来）我是男是女并不重要，只要你是男的就对了……（他放下镜子，和小史拥抱，接吻，然后，他跪下来，俯身向小史的裤门，灯光渐暗。）

强光照到舞台的另一角：一根柱子上，铁链锁住的老年女贼。她坐在地上，状如雕塑。

阿兰 那个女贼后来给衙役生了很多孩子，她的美貌成为过去，成了一个铁索套在脖子上的老婆子。此时，她的那一领白衣变成了脏污的碎片，她几乎是赤身裸体地坐在地上，浑身污垢，奶袋低垂，嘴唇像个老鲇鱼，肚皮上皮肉堆积了起来；而那些孩子就在身边嬉戏。在她手边，有一片残破的镜子，有时候，她拿起来照照自己。在震惊于自己的丑陋之余，也有如释重负之感。因为到了此时，她已经毫无剩余，被完全地占有了。

在半暗的灯光下，阿兰和小史做爱。小史坐在椅子上，阿兰跨在他身上，身影只略微可辨。

阿兰 （录音）后来，小史总在问我，编这样的故事有何寓意。它并无寓意，生活本身就是这样的。我自己也是这样的。我已经最终体会到，美丽招之即来，性也可以招之即来。我不在乎自己的美，也不在乎自己的性别。只要他能喜欢就够了。

全场灯亮，阿兰从小史身上站起来，满脸残妆，走向台前。

阿兰　在这个故事里，化装成女人，并非我的本意。但他既要我这样，我就很喜欢了。虽然这样我就丧失了性别。（一笑）其实，女人也不是我这样的。一个人生来是男是女，真有那么重要吗……（很柔媚地一笑，此后就像个女人。）

小史起身。阿兰走入观众中，小史送他，走了几步，站住了。

阿兰最后的朗诵词：修饰、在意，让他喜欢，这些都是开始。年复一年、月复一月，都让他喜欢，始终关注着你，这也只是开始，不是终结。真正的终结是：变得老态龙钟，变成残花败柳，被风吹走，被车轮碾碎……你不喜欢吗？这有什么关系。也许你想过要占有什么，占有自己的美丽，占有别人……但这都是幻觉。人生在世，除了等待被占有，你还能等待什么呢。所以，去爱他吧，服从他，把什么都告诉他……

灯光集中在小史身上，全场尽暗。小史抖擞精神，做帅哥状。

阿兰　去爱他吧！去爱他……

阿兰最终消失在观众中。

（全剧终。）

图书在版编目(CIP)数据

似水柔情／王小波著．－北京：北京十月文艺出版社，2018.8（2024.9重印）
ISBN 978-7-5302-1824-2

Ⅰ.①似… Ⅱ.①王… Ⅲ.①短篇小说－小说集－中国－当代 Ⅳ.①I247.7

中国版本图书馆 CIP 数据核字（2018）第 085355 号

似水柔情
SISHUI ROUQING
王小波 著

出　　版	北京出版集团公司
	北京十月文艺出版社
地　　址	北京北三环中路6号
邮　　编	100120
网　　址	www.bph.com.cn
发　　行	新经典发行有限公司
	电话 (010)68423599
经　　销	新华书店
印　　刷	山东韵杰文化科技有限公司
版　　次	2018年8月第1版
印　　次	2024年9月第10次印刷
开　　本	850毫米×1168毫米　1/32
印　　张	6.5
字　　数	118千字
书　　号	ISBN 978-7-5302-1824-2
定　　价	39.00元

质量监督电话　010-58572393
如有印装质量问题，由本社负责调换

版权所有，未经书面许可，不得转载、复制、翻印，违者必究。